正问归期

王野 著

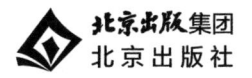

北京出版集团
北京出版社

图书在版编目（CIP）数据

正问归期 / 王野著. — 北京：北京出版社，2025.1
 ISBN 978-7-200-18648-2

Ⅰ.①正… Ⅱ.①王… Ⅲ.①长篇小说—中国—当代 Ⅳ.①I247.5

中国国家版本馆 CIP 数据核字(2024)第 075807 号

正问归期
ZHENG WEN GUIQI
王　野　著
*
北京出版集团
北京出版社　　出版
（北京北三环中路 6 号）
邮政编码：100120

网　　址：www.bph.com.cn
北京出版集团总发行
新 华 书 店 经 销
北京建宏印刷有限公司印刷
*
787 毫米×1092 毫米　　32 开本　　7.625 印张　　200 千字
2025 年 1 月第 1 版　　2025 年 8 月第 2 次印刷
ISBN 978-7-200-18648-2
定价：56.00 元
如有印装质量问题，由本社负责调换
质量监督电话：010-58572393
编辑部电话：010-58572617；发行部电话：010-58572371

百年歌仔戏，两岸家国情。

思念，是一种没有边界的永恒存在；思念，是足以跨越时空的情感索系。《吕氏春秋》记载，大禹之妻涂山氏女娇唱出中国历史上第一首恋歌，后人称之为《候人歌》，歌词仅四个字："候人兮猗。"今人如是说："我等你啊！"

盼归，无远弗届。

——题记

目 录

上部　歌仔一曲唱古今 / 1

中部　人隔两岸戏同音 / 79

下部　家国千秋催行吟 / 209

上部

歌 仔一曲

　　唱 古今

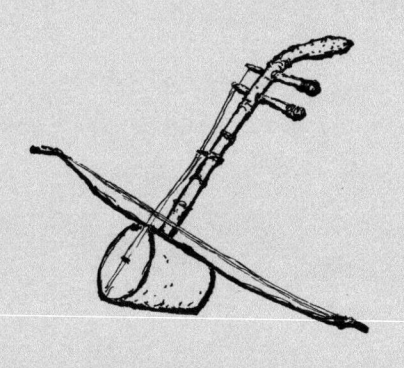

01

"海榕仙！海榕仙！唱《孟姜女哭长城》！唱《孟姜女哭长城》！海榕仙，哭长城！海榕仙，哭长城……"

祠堂对面的古戏台下，人们喊声一片。

民国初年的闽南龙海一带，岛屿上的海门社端午节请戏，既是圣洁的民间祭祀，取悦神灵先祖，也是凡常的节令唱诵，娱乐黎民众生。迎神赛会，春祈秋报。一厝好戏，当然要从梨园戏、高甲戏的《蔡伯喈不认前妻》《吕蒙正衣锦还乡》唱起，这是正戏。至于"落地扫"之流的不被上层人士看好的歌仔调，这种说唱形式的叙事表演，只能在后半夜上台，闽南人称为"半暝反"。

传统戏码能把阿公阿婆唱得泪流满面，年轻人却不大喜欢，就连那些大厝人家的玩乐团，也开始在台下腻腻歪歪地与靓囡细妹勾肩搭背。孩子们露着吃完杨梅的黑牙，在戏台下、榕树边钻来跑去。他们都在等着歌仔仙、戏状元——林海榕抱着大广弦登台亮相。

林海榕"歌仔仙"的名号，是闽南一带的百姓给传开的。仙，就是非同凡人，是对从事某种技艺、某种爱好达到至高境界者的尊称。林海榕自己从来没想过要成为歌仔仙,唱歌仔调,对于她来说,过去,是天赋使然和发自内心的喜爱;现在,只是谋生的一种手段罢了。林海榕的男人邵时地,五年前为了打拼赚钱,独自下了南洋,那年女儿阿梅刚刚四岁,儿子阿海还没出生。

她林海榕要活着。五年来,头上无片瓦、脚下没寸土的她带着两个囡囝,寄居在曾家大厝西侧的一间护厝山房里。曾家大哥早早下了南洋,去年返乡时带回洋银,在老家龙海的丹宅社,置起了带护厝的两落红砖大厝,而自己的男人邵时地,五年来却音信皆无。每每看到水客把侨批送到守家女人的手里,她们的脸上露出欣喜和满足的笑容时,林海榕总是失神地望着水天苍茫的大海,独自将泪水洒进翻涌的浪花。海浪有声,却没有告诉她邵时地的下落。

邵时地、林海榕,她想起了他们夫妻俩的名字,想起了私塾先生说过的"无地自容",她自有自己的理解,就算没有邵时地,我林海榕独自也要带着两个囡囝活下去,即使无地,也要自容。

唱歌仔调,林海榕无师自通。那些旋律和曲调,是她在明月班的墙外听来的;那些唱词和故事,是明月班班主黄炎祖过台湾前留给她的。当年黄班主看她面容俊俏,身段婀娜,不用打扮就有妈祖一般的神情,真心实意地打算收她做徒弟,传她唱歌仔。尽管林海榕喜欢唱歌仔,但父母坚决不答应,演妈祖也成不了妈祖,一辈子做一个唱歌仔调的戏子,走到哪里都是被人轻贱的下等人。

这一次,早已嫁作人妇,活得如寡妇一般的林海榕,为了要食等衫的两个囡囝,不得不翻出那些她大字不识几个的歌仔册,准备说唱糊口。曾嫂看林海榕心定如铁,把她引进大厝前厅一侧的里间,从墙上摘下家中珍藏多年的大广弦,用绒布仔细擦去上面的灰尘,然后轻轻地放在了林海榕玉雕般的纤纤素手上。

曾嫂乐善好施，经常把家里闲置的物件、自己喜欢的东西送给别人。记得有一次，她把自己珍藏多年的精美襻扣，送给了埕对面的一位姊妹，因为曾嫂看见她正在做新衫，这些襻扣配上去简直就是锦上添花。后来才发现，人家不喜欢，根本没用，而是转手送给了别人。曾嫂仿佛突然明白，自己喜欢的东西别人不一定也喜欢，物不仅要送给需要它的人，还需人家真的喜欢才好。

那一刻，林海榕的双眼如两潭清波，盈盈欲溢。曾嫂看着把大广弦紧紧抱在胸口的林海榕，有一种物归其主的欣慰。

"学艺的永远比不过偷艺的。""林海榕天生就是吃这钵番薯粥的。""她应该天天吃十二碗菜。""歌仔仙下凡了！""妈祖转世！妈祖转世！"听过林海榕说唱歌仔调的乡亲，异口同声。她唱的《英台回批》，台下的人们已经分不清眼前的人是林海榕，还是祝英台。她唱的《孟姜女哭长城》，说不清是在唱孟姜女，还是唱自己。

午夜，正戏落幕，该林海榕的歌仔调出场了。打瞌睡的人们，重新提振精神，原本稀稀落落的戏台下，陆陆续续聚集起等着看林海榕的歌仔戏迷。林海榕把已经熟睡的囡囡阿梅安顿在幕布后面，抱着大广弦走到戏台中间。台下，早已人声鼎沸。

演其他戏的时候，九岁的阿梅在林海榕的身旁睡觉，等妈妈上场时，她反倒一下子翻身坐了起来，揉了揉那双大大的眼睛，在幕后一个调、一个词不落地听妈妈在台上说唱。

这一夜，林海榕唱的是歌仔调看家曲目《陈三五娘》，这是上台前请戏的本家叮嘱过的。相对于歌仔调绝大部分曲目的苦旦哭腔，《陈三五娘》曲折的故事情节，大团圆的结局，更适合端午的氛围和本家的喜好。林海榕答应了人家的要求。谁知，她的《陈三五娘》开唱没到半炷香时间，台下的人纷纷高喊："唱《孟姜女哭长城》！唱哭长城！哭长城！哭长城……"

林海榕偷偷地看了一眼坐在台下的请戏本家，请戏本家看看周围呼喊的人们，默默地点头应允。

大广弦重新起弦定调，林海榕黛眉微蹙，随着一声悠长的哭腔悲切地响起，《孟姜女哭长城》正式开唱——

一更过了二更鸣，单身独影对孤灯，可怜床空被席冷，姜女恰惨禁冷宫。姜女恰惨禁冷宫，心肝我苦啊！

我是越州孟姜女，为君千里送寒衣。赶在严冬前一步，望君得衣暖身躯。

青铜血色向天哭，长城悲风煎耳轮，煎耳轮……

起源于闽南的歌仔调，是在贫苦的百姓和离乡的民众中唱起的，生活的重压和乡愁的苦涩，似乎命中注定要用悲伤的旋律去倾诉。歌仔调里的大哭调、小哭调、安溪哭、宜兰哭、心头恨、心酸酸……那些让人牙根酸软、双目盈泪的曲调一旦响起，人们在心头压抑已久的悲苦情绪就会奔涌而出。

歌仔调唱的大都是悲情故事，家庭的不幸、命运的不公、分离的痛楚、人生的折磨，世间所有的磨难，都由一个女人来担纲。于是，台下的观众跟着台上演唱的人一同感叹，一起哭得死去活来。

林海榕就有这样的苦旦特质，无论是她唱别人，还是她自己。

坐在台下的蔡愁（yóu），就是慕名而来坐了半宿专门等着听林海榕的歌仔调的。蔡态是厦门歌仔戏水仙班的班主,准备排演歌仔戏去台湾演出,正缺一位唱腔优美、长相俊俏的苦旦挑台,而眼前的"孟姜女",众人争捧的"歌仔仙",正是他的不二人选。

那时的闽南歌仔调,只停留在演唱者说唱故事阶段,还没有向角色扮演的戏剧化转变,所以尚且不能称为歌仔戏。蔡态清楚,能把林海榕请去,把歌仔册上的曲目编成剧本,分出来生、旦、净、丑,然后组班去台湾演出,赚洋银的事,水一到,渠就成。

看着林海榕,蔡态感觉台上坐着的,就是一棵摇钱树。

散场的时候,已经是后半夜的丑时二刻。领完赏钱,林海榕拉着阿梅正要往码头奔,却迎面看见等在石龙旗杆下的蔡态。

蔡态拱手相迎,诚挚地递上名帖,并恭敬地说明了来意。

林海榕得知蔡态的来意后,紧紧地搂着阿梅:"蔡班主,非常感谢您的美意和诚邀,实在要让您失望,白跑一趟了。家中两个囝囡年岁尚小,离不开我照料。男人下南洋五年了,银批皆无,生死未卜。我要在家抚养囝囡,等他回来,恕不能应蔡班主之邀。不好意思,让您受累费心了。"说完,林海榕给蔡态深深地鞠了一躬。

蔡态确实感到有些失望:"蔡某理解海榕仙的难处,您回去慢慢想想,日后若有意入班,请到厦门水仙班找我,随时恭迎。我认识几位批局的头家和水客,你男人的下落,我让他们帮助找找。"

林海榕突然抬起头:"那烦劳蔡班主了。我男人大名邵时地,真能找到,哪怕是他讨了番婆,或是葬身大海,只要能知道他的下落,我也就死心了。到那时,我去厦门找您。"

蔡态诚恳地说:"请海榕仙放心,一有消息,我还亲自来,给您报信,接您去厦门。邵时地,邵时地,我记住了。"

别过蔡态，林海榕拉着阿梅来到码头，等船回龙海的丹宅社。

落潮了，一弯上弦残月孤零零地悬挂在海天之上。远处，稀稀落落的渔火映在林海榕空洞的双眸里。

"邵时地呀邵时地，你在哪里？何时回来？"

02

下南洋,过台湾,邵时地阴错阳差地走上了第二条路。

五年前,客头骗邵时地说南洋遍地黄金,去上三五个月定能发大财。邵时地不顾林海榕的劝阻,偷偷地上了下南洋的船,不料却像被卖"猪仔"一样,赶进了去吕宋淘金的货船底舱。

起航的那天,发财心切的客头,不听船老大"天顶马尾云,劝君莫行船"的劝告,强行升帆出海。正如所料,船开没多久,就遇上了西南风,为了躲避海上风暴,船不得不顺风向东北方向行驶。

贩"猪仔"的船在漫天雨幕中,摇摇撞撞地漂到了台湾新竹。

货船底舱里黑漆漆的,只有在送饭和倒便桶时,才能从打开的顶部铁栅栏舱门射进一柱光亮。潮湿、闷热的密闭船舱里,汗臭味、土烟味和排泄物的味道混杂在一起,令人作呕和窒息;哀叹声、抱怨声和叫骂声此起彼落,一百多号人挤在一起,每个人都情绪复杂。有的人,仿佛是一堆有生命的炸药,随时等待有一颗火星来引爆他;更多的人,却倒是"棺材内唱曲"的傻傻"番仔愚",竟然还抻着脖子唱起了歌仔里的《乞食歌》。

"猪仔"们的伙食定量是"饿不死",一日两餐,每餐都是"饮饮饮"的米汤和两条指头大小的咸鱼仔。端着可以照见自己面容的稀粥,邵时地的心里五味杂陈,悔不该不顾老婆的劝阻,连声招呼都没打,就偷偷跟着客头上了"贼船",被骗卖了"猪仔"。若不是遇到海上风暴,这时的船,正在漂往南洋的大海上。

邵时地此时此刻并不知道,船已经停靠在了与下南洋相反方向的台湾新竹,他只是听到暗舱里有出海经验的人们在议论,肯定是遇到海上风暴了,船老大为了躲避风浪,驶向的是另一个方向。

没去吕宋就好,既然船已靠岸,就有机会逃出去。闽南人讲"一枝草,一点露,各有各的门路"。邵时地在心中盘算着逃跑的方法,他不愚,脑壳灵光得很。

天完全暗下来的时候,头顶的铁栅栏再一次被打开,下粥桶,倒便桶,每天早晚各一次。送粥的人是从来不进底舱的,只是在舱口用绳子把粥桶系下来,大家盛完粥后,他再把空桶拉上去。倒便桶却要舱底的"猪仔"自己轮流派人送上去,少时一人,多时两人,由于和分粥同时进行,每次倒便桶的人都吃不上饭,所以没人愿意去。这一次,尽管没轮到邵时地上去,他却一把抢过便桶,向舱口爬上去。邵时地回头看时,那个轮到的人,在下边向他作了个揖。

爬出舱门,邵时地虽然手里提着便桶,却感到空气新鲜,呼吸顺畅。他摇摇晃晃地走到船舷,假装手没拿牢,故意连便带桶一同扔进了海里。后面看着他的那个人破口大骂:"你个番仔愚!桶没了,在你的工钱里扣掉!"说完狠狠地抽了邵时地一鞭子。

邵时地微笑着回过头,看了一眼那个长得猴瘦的人,说:"我去捞，我去捞。"说完转身跃入暮色中的大海。

邵时地刚刚从大海中露出头来，上面就传来了洋枪的声音，他换了口气，再一次钻入水中，向船底游去。等到船上没了枪声，邵时地在水中顺着码头，朝着与船头相反的方向越潜越远。他不时地露出水面，趁着换气的工夫，回头看看离自己越来越远的船。

当邵时地最后一次潜入水里的时候，他突然感到海水在剧烈地翻涌，四肢已经无力划水，空洞的脑海里，一会儿是拯救众生于沧海的妈祖，一会儿是抚育儿女在家乡的林海榕。

邵时地是大海的孩子，深知它的性格。大海是从来不掩饰自己情感的，有风就有浪，潮平水无痕。风平浪静时，它慈祥得就像圣洁的妈祖，温柔得就像爱恋的海榕。但是一旦风暴来袭，它会立刻变成吞噬一切的深渊，暴虐无常。此刻的邵时地，感觉自己就是被大海抱在怀里的孩子，正在静静地魂归大海，身躯在慢慢地融化。

妈祖和海榕的面容，交替幻化着，慢慢地模糊……

当一位姑娘的脸庞逐渐清晰起来的时候，邵时地发现，她既不是传说中的海神妈祖，也不是他的老婆林海榕。她精致小巧的五官，俏皮地长在淡棕褐色的脸上，眼眸深邃，鼻梁坚挺，双唇凸起，浓密的头发已经长到了臀部以下，一个水灵灵的古锥女，她是谁啊？

她是台湾义士黎国雄的女儿，叫黎蕉妹，今年十九岁。

1895年6月，日本人派军队割占台湾岛，高山族义士黎国雄不甘心就这样坐以待毙，把家园拱手让给倭寇，于是率兵众奋起抵抗。日军炮击基隆港时，黎国雄粉身殉国，远在新竹老家的妻子惊闻噩耗，早产生下了女儿。丧心病狂的日军为了恐吓和镇压抗争民众，残忍地割下黎国雄的头颅，送到新竹，悬挂示众，并在黎国雄的家中将其妻子奸杀。在那个至暗的悲惨时刻，刚满月的女儿被母亲事先藏在了几片芭蕉叶下，一声没响，躲过一劫。事后收养她的乡邻说，是那几片芭蕉叶子让小姑娘死里逃生，就取名叫黎蕉妹吧。

长大后的黎蕉妹，得知自己的身世之后，召集了二十几个家中遇难、父母双亡、身被糟蹋的姐妹，离开村镇人群，隐居海边深山，会聚起一支专门抵抗日本人的小小的武装力量。她们出山时，见到日本官兵就杀。三年来，日军和伪政府多次悬赏剿灭她们，可犹如神鹿仙狐一般出没的这群女子，竟然每次都毫发无损，奇迹般地生存了下来。

邵时地没有死，是黎蕉妹救了他。那天晚上，黎蕉妹和姐妹们正在海滩的沙穴里挖海土笋，月光下，远远地望见海面上一个溺水的人随着潮水涌了过来，她招呼枇杷、芒果、莲雾和杨桃，姐妹五人一起把邵时地拉上岸，轮流着把他背回山里，救活了他。

此刻，邵时地就躺在黎蕉妹的竹榻上，坐在近旁的黎蕉妹看见他睁开眼睛，脸上露出了甜甜的笑容："枇杷，枇杷，把茶水端过来，我泡好的冻顶乌龙。再告诉芒果，做一碗沙茶面送过来。"

邵时地感激地看着眼前的这位姑娘，只见她头上戴着花冠，身上穿着艳丽的短衣和腰裙。他想起身致谢，但是全身酸软疼痛，动弹不得。黎蕉妹示意他不要动，然后接过枇杷姑娘端过来的茶水，一勺一勺地喂他，柔声地说道："没事了。遇到我，你就死不了。看你的体格，这么健硕，你这是饿的，吃点东西，休息一下就好了。那会儿要是给你一碗土笋冻，你还能游出十几里远。"

喝了几口茶水，邵时地的体力渐渐恢复："谢谢姑娘！谢谢姑娘！我现在这是在哪里？您是……"

黎蕉妹接过芒果姑娘送过来的沙茶面，打断了邵时地："你不必客气，先把面吃了。我们这里的姑娘，只做两件事，要么救人，要么杀人。我是谁，你最好不要知道得太多。"

要么救人，要么杀人。邵时地端着面碗，一口还没吃，就先惊出一身冷汗，他无论如何也不能把眼前的这位俏丽少女，与打家劫舍、杀人越货的强盗联系在一起。他一边吃面，一边悄悄地观察周围忙来忙去的姑娘们，年龄小的，看上去十四五岁，年龄大的，也不过三十来岁，他恍惚来到了大山深处的"女儿国"。看到她们都听黎蕉妹的调遣，想必眼前这位姑娘就是"女儿国"的"国王"了。

"你看好喽！她们都和我一样，要么救人，要么杀人。不过我们以前只救女人，不救男人。你，是第一个。"黎蕉妹看着邵时地，头一句，确实有恐吓的意思；第二句，她讲的是实情。

这是海边断崖东侧的一座巨大天坑，呈东西宽、南北窄的椭圆形，直径约半里，四周立面是十几丈高的悬崖绝壁，下面坑底是茂密的热带雨林。岩壁底部分布着十几个大大小小的岩洞和溶洞，天坑里面俨然一座没有出入口的闽南土楼，四周封闭，与世隔绝。望着连鸟儿都不愿意飞越的森然峭壁，邵时地心生疑惑，黎蕉妹和她的姐妹们，是怎么发现这处藏身的世外桃源的呢？她们又是如何出去找日本人报仇的？自己又是如何被她们救进来的呢？邵时地百思不得其解。

陪着邵时地在天坑里到处走走的黎蕉妹，知道邵时地的心思。她对他说："你这条命，是我捡回来的，以后活的每一天，都是赚的。出去的事，你最好想都不要想。知道这里一切的人，我们是不可能让他活着出去的。"黎蕉妹看着疑惑心悸的邵时地，征求试探着问道，

"能说说你的事吗？你是谁？从哪里来？到哪里去，你就不用说了，因为到了这里，你就是到此为止了。"

面对救命恩人，邵时地和盘托出，一个细节没落地讲起了自己的家室和经历，末了还说了句："我在海中不行了以后的事，没有记忆，我不知道妈祖和我老婆的脸，是怎么变成了你的模样。"

黎蕉妹有些着迷地看着邵时地，为这张俊朗的脸庞，为这身健壮的躯体，更为这颗诚实的心。她和邵时地一样，从头讲起了自己的故事，这是她第一次，在一个陌生的大陆人面前，揭开伤疤。

天坑里的炊烟，万万不允许在白天点燃，只可以在夜幕完全降临之后，才能升起。岩洞里的灯火，绝不许放在洞口，必须进洞转了两个弯之后，才可掌灯。溶洞和里面的暗河，时刻有人把守。

杨桃姑娘轻轻走到他俩身后："芒果姐招呼吃饭了。"

邵时地和黎蕉妹站起身来。"你救了我的命，按照常理和这里的规矩，我都不能想离开的事。可我要赚钱养家，赡养老人，抚育儿女。请你一定要相信我，绝不会去告密的，绝对不会！"

黎蕉妹低头向前走："信不信任你，只是原因之一。"

"那还因为什么，不准我离开呀？"邵时地追问。

黎蕉妹指指天坑上面："我让你离开，你看看你出得去吗?！还有两个原因，我先告诉你一个。我们做个约定，五年，就五年，你帮助我们磨刀修枪，只当是报答我。五年之后，你要是还打算走，我送给你足够起一座红砖大厝的洋银，然后亲自把你送上回大陆的船。"

黎蕉妹的要求绝不过分，邵时地刚刚也说过，他有磨刀的手艺，喜欢摆弄各种洋玩意儿。面对恩人，他没有理由不答应。黎蕉妹挽起邵时地粗壮的胳膊,向岩洞里走。她在心中默默地想,只要你给我五年时间,到时候,我让你走,你都不走,赶都赶不走。

枇杷、芒果、莲雾、杨桃等众姐妹,都觉察了黎蕉妹的心思,因为她们看到她起伏的前胸,此刻正波涛汹涌。

03

曾嫂生了,又是一个囡仔。婆母气得直骂:"鸡屎落地也有三寸烟,你那肚子咋就没志气,三胎都生不出个男芭。"

曾嫂也觉得愧对先人,在无人处暗自落泪。元宵节她和林海榕一起观灯时,在灯下钻来钻去,婆母让阿梅、阿海调皮地叫喊:"钻灯下,生男芭!钻灯下,生男芭……"生大囡和二囡后,为了祈求能够"换肚",娘家每次都煮来猪肚给她吃;婆母和林海榕每次在身后唤她时,她都是特意地从左侧转过头来答应。各种方法都试过了,可哪样都没有灵验,偏偏又生了一个不讨喜的囡仔。

曾嫂给孩子取名"不碟",闽南语就是"不想要"的意思。林海榕说:"再不想要,也是自己身上掉下来的肉。就叫'埃惠'吧,哪怕是从小土坑里捡来的囡仔,也要温柔善良,也会给曾家带来好运。"孩子于是取名叫曾埃惠。

闽南人家生小孩,最隆重的是满四个月的"四月日"。给曾埃惠做四月日那天,林海榕早早就准备好了红龟和红桃,就是红色的乌龟和桃子形状的馒头——拜神佛,祭祖先。她拿着喜饼在曾埃惠的小嘴儿上轻轻地一抹,给孩子"收涎",口中还虔诚地叨叨着:"收涎收离离,明年招小弟;收涎收离离,明年招小弟……"

在乡亲的眼中,尽管林海榕的男人下了南洋,音信皆无,可她在生儿育女这件事上,先开花,后结果,一女一男,是个儿女双全的"好命人",尤其是唱了歌仔之后,红遍龙海一带,被人们尊为"海榕仙""活妈祖",家里办喜事来找她做"好命人"的接连不断。

曾家大厝的天井里,挤满了带着小孩衣帽来"送头尾"贺喜的乡邻。林海榕忙前忙后地帮着记礼单,摆酒席,招待客人。

午后客人散去的时候,林海榕带着左邻右舍的人收拾座椅,刷盆洗碗,她无意间瞥见正在埕前玩耍的阿海,身边却没了阿梅的身影。

"阿海,姊姊呢?没带着你?"林海榕问。

阿海左手端着一碗石花,边喝边用右手朝码头的方向指了指。

林海榕有些生气,埋怨阿梅用一碗石花就哄骗了阿海,自己去了码头边。林海榕知道阿梅的心思,这些年,她常常带着他们去码头,望归来的船,看落下的帆,盼侨批到,等男人归。阿梅,同样思念远在大海尽头的爸爸,尽管她连爸爸的容貌都记忆模糊。

忙完曾家的事情,林海榕拉着阿海向码头走。不到二里远的路上,行人三三两两,寂静又清冷。走到空旷的码头,林海榕却没有发现阿梅。她的第一反应就是:不好,出事了!阿梅不见了!

林海榕背着阿海,寻遍码头的所有角落,她想找人打听一下,四下里却空无一人。她失魂落魄地瘫坐在一棵大榕树下,眼睛失神地望着大海,残阳下的海水,一片猩红。突然,林海榕回头问阿海:"你有看姊姊跟谁走没?"阿海呆呆地摇摇头。

"也是个摇头客。吃饭三战吕布,做事桃花搭渡。"林海榕一边数落阿海,一边问他,"你俩在哪里分开的?"

阿海舔舔还有甜味的嘴唇:"曾石花。"他说的是街上曾记古早味冷食摊。

林海榕打了阿海一巴掌,像扯着鸡仔一般,拉着阿海朝曾石花一路狂奔。正准备打烊的曾阿婆告诉气喘吁吁的林海榕:"吃完石花,阿梅一个人去了码头边,过午时刻,开船前。"

林海榕丢下阿海,转身又往码头疾走,走着走着,突然脚下一软,觉得天旋地转,瘫倒在地。曾阿婆拉着阿海,一路赶来。阿海趴在妈妈的身上,害怕地哭了起来。

曾阿婆把林海榕母子送回了西护厝的小阁间里。

等林海榕从昏昏沉沉的噩梦中惊醒的时候,已经是第二天凌晨了。曾嫂此刻就坐在林海榕的身边:"我托人问过码头上的人了,他们说看见一个女人,在开船前拉着阿梅进的船舱。"

一个女人,是谁呢?林海榕曾想过是蔡态拐走了阿梅,以便引诱胁迫她去厦门唱歌仔,因为他来找过她,她推辞了。这个念头,随后又被林海榕自己否定了。她竭力回忆蔡态找她时的所有细节,言谈、举止,哪一点也看不出他是一个背地里阴坏的人。

林海榕把阿海临时托付给曾阿婆,自己去码头上问询。看到的人都说,有看有看,是一个面容和善的女人,四十来岁。他们以为是海榕仙的亲戚,所以都没在意。哦!那个女人好像跟阿梅说,爸爸在厦门,去厦门找爸爸,阿梅便顺从地跟着她走了。

看来是得去一趟厦门了。对,去厦门。林海榕觉得找蔡态是一个办法,他在厦门肯定认识很多的人,一边帮他唱歌仔,一边求他找阿梅，蔡忿应该是愿意答应的。林海榕看了看身边的阿海，可阿海，阿海咋办啊？林海榕心焦如焚，一筹莫展。

"摇摇阿囡惜惜，摇摇阿囡惜惜……"曾嫂轻声地唱着摇篮曲，哄睡了曾垵惠，抬起头来，看着林海榕，"敢做勻就不怕浸滚汤。我三个仔都养了，不差带阿海这一个。你就把阿海交给我吧，快快去寻阿梅要紧。"曾嫂说完，轻轻地叹了口气。

林海榕搂过阿海，跪了下来。阿海见妈妈跪在地上，也红了眼圈，跪了下去。林海榕欲哭无泪，按着阿海，给曾嫂叩了三个头："那我就把阿海，这个脏兮兮的拖屎连，托付给您，添麻烦了！"

曾嫂看到母子二人叩头，先是一惊，赶忙停住摇篮，起身把他们搀扶起来："嗐！软土都去深掘，一个女人在外，难免被人欺辱。你要小心谨慎，处处提防。寻到阿梅，就快快回来。"

林海榕感激地深鞠一躬，把阿海交到曾嫂的手上，随后收拾好包裹，把大广弦背在了身上。阿海见状，挣脱曾嫂的怀抱，死死地拽着妈妈身上的大广弦，就是不肯放手。

林海榕和曾嫂谁都不明白阿海是什么意思，都不解地看着阿海。林海榕跟阿海说："你喜欢这弦？还是不让妈妈再去唱了？"曾嫂上前搂过阿海："妈妈要唱。妈妈要去寻姊姊。你喜欢弦，阿姆再去给你拿一把。"不管林海榕和曾嫂如何劝说，阿海就是不肯放手。

看着一句话也不说，不哭不闹，只是双手紧紧抓着大广弦的阿海，林海榕方寸难平，她只好把大广弦从自己的身上摘下来，背在了阿海瘦小的肩膀上，扭头奔出了曾家大厝。阿海背着妈妈留下的大广弦，眼睛一眨不眨，目送好远好远。

起帆了。巨大的帆影遮住了东方的阳光，遮住了家的方向；海风吹胀船帆，呼呼作响，几只无家可归的海鸟，在海上鸣叫着，如杜鹃啼血；潮湿的海风吹送着咸腥的味道，直穿鼻孔。离开海门，船行向东——前方，就是鼓浪屿，就是厦门岛。

林海榕拿着名帖，寻到了歌仔戏水仙班，见到了班主蔡态。蔡态见到林海榕，先是惊喜过望，听闻孩子阿梅被人拐走，顿时又惊诧不已："敢放屁，就敢做屁主。我蔡态从来是敢做敢当的人，绝不会用拐骗孩子的勾当引您来厦门。请海榕仙放心，就是翻遍整座鹭岛，我也要帮您把令爱阿梅寻回来。"

再次见到蔡态，林海榕彻底打消了对他的疑虑。

蔡态吩咐戏班的人安排林海榕的住处，然后对她说："寻人要紧。出了这么大的事，您先住下。登不登台，等见着令爱再说。"

"不。蔡班主为人这般仗义，帮我寻阿梅，我若不登台开口，真的无以报答。"林海榕觉得这样才对得起蔡态。

"不不不，您现在这样的心情，我咋能让您登台。"

"十调歌仔九腔哭。我要唱！"林海榕一字一顿。

林海榕在水仙班亮相了。按照蔡态的编排，林海榕在水仙班把原来随意唱的幕表戏，改成了分生、旦、净、丑的有剧本的定目戏。一部歌仔戏《安安寻母》，使得万人空巷，轰动了厦门全岛。歌仔仙林海榕，从此成了歌仔迷争捧的名旦、苦旦。厦门的观众哪里知道，台上歌仔仙声泪俱下演唱的《安安寻母》，其实在林海榕的心里，每一句唱词，表达的都是母亲对孩子的牵挂。

几个月过去了，尽管歌仔迷也都在帮助寻找，包括鼓浪屿在内的周边所有岛屿，都不见阿梅的踪影。其间，从其他的歌仔班传来消息，说最近有从台湾来的日本人，专门拐骗唱歌仔的幼童，偷渡到台湾后，改教学唱日本剧，已经有几个唱歌仔的孩子失踪了。

难道阿梅也被拐骗到了台湾？林海榕决心不改，她对同样满脸愁苦的蔡态说："我是她的生身母，她是我的心肝囡。就是漂洋过海，我也要把她找回来。母亲身上掉下的肉，哪块都不能丢！"

母亲身上掉下的肉，哪块都不能丢！

为了这个走失的孩子，第二年春节过后，林海榕跟着蔡态的水仙班一起，这群山畲水疍客家人，横渡海峡，去了台湾。

劝君切莫过台湾，台湾恰似鬼门关。
千个人去无人转，知生知死都是难。

码头边，一个衣衫褴褛的乞丐，拉着大广弦，正唱着闽南人流传已久的《渡台悲歌》，那曲调，悲入骨髓。

04

洞中方一日，世上已千年。

在黎蕉妹的海边天坑里，邵时地的感觉正好相反，他看着太阳在天坑上面每转过去一次，都仿佛是一年那样漫长。没到几天的时间，邵时地就惊奇地发现了两个秘密。

第一个秘密，是出入天坑的通道，原来在溶洞的暗河里。黎蕉妹她们每次出入天坑，都是进入溶洞，潜入暗河，再从暗河的另一头，海边断崖的溶洞出去，来回往返。怪不得天坑的溶洞里，时刻都有两个拿枪的姑娘看守着；怪不得黎蕉妹骗他说，溶洞是姑娘们沐浴的地方，让他不要去那里，用水让莲雾姑娘去打过来。邵时地暗自佩服姑娘们的潜水功夫，同时惊叹她们是如何把自己弄进来的。

第二个秘密，是黎蕉妹好像看上了他，他在她恩威兼具的眼神里，已然看到了林海榕和他在一起时的样子。不行，万万不行，我有我的林海榕，若不是为了让她和孩子也住上自己的红砖大厝，过上好日子，我就不会出来下南洋做番客，又鬼使神差地来到台湾新竹，在这个神奇的地方，走进黎蕉妹的"女儿国"。

他邵时地绝不是那种好色之徒，他不能在这里搞外遇，当黎蕉妹的"讨客兄""干哥哥"。不错，邵时地不是讨客兄，黎蕉妹也不是闽台人说的"三十六支骨头无一支相吃称"的轻佻女人。这是一个妙龄少女的怀春心跳，这是一个杀倭女杰的侠骨柔情。

　　嫁着臭头夫，捻棉花塞鼻孔；嫁着青盲夫，梳头抹粉无彩工；嫁着哑巴夫，比手画脚惊死人；嫁着讨海夫，三更半暝搅灶孔；嫁着生意夫，日日守空房；嫁着读书夫，不吃也轻松……

黎蕉妹时常唱起这首闺怨曲。邵时地知道，这是一首流传于闽台民间的歌谣。邵时地每每听到这样的歌声，都会更加强烈地思念他的妻儿，都会想起林海榕歌仔里唱的《清心歌》——

　　妖娇美女好情意，不及家中那妻儿。
　　劝恁少年着晓理，不通风骚卜学伊。

"宝盖山巅姑嫂塔，望断海天化作崖。不见樯桅归帆影，渔灯唤我过海峡。"邵时地把一腔乡愁刻在了岩壁上。

黎蕉妹不识字，她手摸着深入骨髓的刻痕，想到明知道暗河出口也会潜水，却守信没走的邵时地，越来越敬佩这位重情重义的汉子。在热烈示爱与思亲之情中痛苦煎熬的邵时地，每天就这样默默地在磨刀造箭、修枪弄弹中打发时光。试枪校枪时，怕声音传到天坑外面，都是在岩洞最深处进行，邵时地感到自己就和这情形一样，憋闷而又无奈。这样的日子，是漫长的五年。

昼伏夜出的黎蕉妹她们又出去了，依旧是从溶洞里的暗河潜水而出。临出发前，黎蕉妹告诉邵时地，已经五年了，我和你一样守信重义，放心，等我们这次回来后，我就给你五年前说好的那些洋银，送你上回厦门的船，回去找你的海榕和孩子。

启明星落下之前，黎蕉妹她们凯旋。在溶洞暗河的水面上接人接东西时，邵时地不仅看到了一袋袋稻米、成匹的洋布、吕宋的咖啡、东洋的罐头，还看到了一个水灵灵的漂亮小姑娘。

"你们又添人进口了！"邵时地抚摸着小姑娘湿湿的头发。

黎蕉妹拆着防水的油布袋子："在一个东洋婆手中救下的。那个东洋婆穿着漂亮齐整的和服，她却穿着破破烂烂的衫裤，一看就是要被拐卖到基隆或者东洋去当雏妓。我就收留这样的女孩子。"

邵时地收拾着她们的刀枪，问小姑娘："几岁了？"

小姑娘怯生生看着邵时地："九岁。"没想到，小姑娘说的竟然是闽南话。邵时地低下头，突然想到，女儿阿梅，今年也该九岁了，如今就是站在自己面前，也认不出来了。

黎蕉妹问邵时地："给你做女儿吧？"

"不不不，她是你们的人。我，我……"

"你得回家。"黎蕉妹拿着洋银口袋，放到邵时地手上，"拿着，估计在你家那边起两座大厝都用不完。晚上我们设香堂，兄妹结拜。后半夜送你出去，明天一大早，有一只去泉州的船。"

邵时地感激地看着黎蕉妹："我不拿这么多，一半就够了。"

"都拿上吧！我们从来不用钱。回去见到海榕嫂，不要讲这里的事，应该咋讲，水路漫长，在船上你有足够时间去想。"黎蕉妹说。

夜幕降临的时候，天坑岩洞的深处摆上了香堂。在武圣帝君关公和天妃圣母妈祖的神像前，黎蕉妹和邵时地在枇杷、芒果、莲雾、杨桃等众姐妹的见证下，焚香叩首，拜为兄妹。

黎蕉妹和邵时地，眼中都闪着泪光："我，黎蕉妹；我，邵时地。我们五年前就已在各自心中，互认义妹义兄。今天在天妃圣母面前，歃血盟誓，义结金兰。从今日起，虽天各一方，然海峡难隔同心，为赶走番夷倭寇，当效先辈延平王郑成功。此身自许家国始，生死早已置脑后。沧海桑田，天地可鉴。兄，邵时地；妹，黎蕉妹。"

此时，那个被黎蕉妹救回的小女孩，早已睡下。

午夜刚过，邵时地穿着高山族男人的衣服，在黎蕉妹的相送下，两人一同跃入溶洞里的暗河，游向通往海边溶洞的出口。在水中，黎蕉妹紧紧地攥着邵时地的大手，为他引路，一刻也没有松开。暗流涌动的暗河里，他们宛若两条缠绵戏水的马鲷，忽上忽下，翻腾摆尾，深情地沉浸在美妙的生命之海。

黎蕉妹和邵时地一同钻出了水面，相拥着走向洞口。分别的那一刻，邵时地一把将黎蕉妹紧紧地拥抱在怀中。他发现，他已经深深地爱上了怀中的这位高山族姑娘。他承认，若不是有自己思念的故乡、忠于的妻子，他是会留在这里的，留在这位敢爱敢恨的纯贞的姑娘身边，并和她一起，与侵略者斗争到底，生死不弃。

黎蕉妹同样紧紧地拥抱着邵时地，感受着他剧烈的心跳。这位在生死面前从来一眼不眨的女侠，此刻心里是那样的害怕。她怕下一刻的分别，她怕海峡相隔的二人，此生此世永远不会再见。

许久许久，黎蕉妹终于抬起埋在邵时地胸口的头，一双黑眼睛盯着邵时地，双手紧紧地抱着他的头，慢慢地闭上了眼睛。黎蕉妹没有哀怨的祈求，只有不容推辞的深吻，深吻……

两人久久地亲吻在了一起，忘情地倒在溶洞里的沙地上。海水涨潮了。海浪一浪推着一浪，涌上心头，如同那压抑已久的激情，瞬间涌遍全身。轰鸣的涛声，淹没不了黎蕉妹柔情似水的声声呼唤："哥哥，我们是不可分开的整体。哥哥，记得找我，接我回家。"

返回天坑里的黎蕉妹，脸上依旧挂着幸福的红晕，她搂过刚刚醒来的小姑娘，才想起问问小姑娘的名字。

"小妹妹，你叫什么名字？"

"阿梅。"小姑娘眨着眼睛说。

"你爸爸叫？"黎蕉妹猛地一惊。

"邵时地。我妈妈叫林海榕。"阿梅说。

黎蕉妹懊悔而又惊喜地一拍自己高高的额头，心中暗暗地骂着自己，黎蕉妹啊黎蕉妹，你怎么昨晚不问哪！昨晚要是问了，邵时地和阿梅父女不就相认了嘛！也不会这样擦肩而过啊！嘻！

黎蕉妹紧紧地搂着阿梅："从今以后，我，就是你的妈妈。"

阿梅眨着大眼睛，迷惑不解地看着黎蕉妹。

05

　　林海榕和蔡态的水仙班,是从基隆港上岸的。接他们的是黄炎祖——早年到台湾传歌仔的明月班班主。还有两位,一位叫陈嘉舒,是在台湾基隆开办批局的头家;另一位叫陈嘉安,是陈嘉舒的妹妹,黄炎祖的妻子。

　　陈嘉舒一路陪伴,把明月班和水仙班送往宜兰的乡下。

　　一路上,大家边走边议论台湾这边的局势。

　　黄炎祖说:"二十五年前,清朝政府的一纸《马关条约》,就把好端端的台湾岛和周围各个岛屿割让给了日本人。我过台湾后,就赶上了当亡国奴的年月,仰人鼻息,二等公民的日子,难过哩!"

　　陈嘉舒说:"南洋的水客,过去有一些侨批,是经由台湾再汇到大陆的。现在,日本人要逐一查验信函,还要从中加税,寄回的洋银所剩无几,头家难当,生意几乎没的做。"

　　黄炎祖说:"歌仔班也在'皇民化运动'之列,不准唱我们的歌仔,不准穿我们的戏服,穿着和服上台前,还要拜什么'天照大神'。女儿教老母断脐,班门弄斧,把歌仔册改得面目全非。"

陈嘉舒说:"莫说什么歌仔戏,就连'台湾'的名字都改了,如今又叫荷兰人说的'福摩萨',咱们祖先的东西,提都不许提。"

黄炎祖说:"现在北边、西边的基隆、台北、桃园、新竹,管得比较严,歌仔戏经他们这么一改,戏迷都跑了。我们只能到宜兰的山里去唱了,那里的状况还好些。勉强糊口吧!"

陈嘉安是个歌仔迷,为了歌仔,不仅嫁给了黄炎祖,还把歌仔册上的说唱词,一个故事一个故事地改编成了剧本,分出角色在舞台上演出,令台湾的戏迷耳目一新。

陈嘉安告诉林海榕:"有一个女的,母亲是台湾人,父亲是日本人,她的中文名字叫范美武,据说是母亲姓范,父亲叫武什么什么,我没记下。她就专门找人改歌仔册,还到处偷我们歌仔艺人的孩子,从小教化日本的东西。台湾的很多歌仔艺人,都不敢让孩子自己出去,怕被范美武的人给拐走,带到日本,踪影皆无。"

林海榕的心一下子凉了。坏了!说不定阿梅就是被这个叫范美武的女人给拐骗走了,说不定,此刻都已经到了日本本岛。林海榕把阿梅被拐失踪的事,又给陈嘉安说了一遍。

陈嘉安听后先是一惊,随后对林海榕说:"你也别胡思乱想,不见得真的是让范美武她们给拐走了,说不定现在还在大陆那边呢!既然来了,我们就一边改戏演戏,一边寻找阿梅。"

车经过宜兰县的街头时,林海榕他们看到,挂满日本旗的店铺饭庄,客人稀少。"豆奶吧,热的油炸粿……""土笋冻……""烧肉粽……"的叫卖声,游丝一般若有若无。远处,一排送葬的队伍缓缓移动,《牵亡调》传得很远很远:"行行走走,走到阴府大路头。纸钱若无烧,恁公恁嬷勿过桥……"陈嘉安赶忙拿笔记了下来。

街口围着一群人，都在看墙上的告示，大概意思是：女魔头黎蕉妹，伙同一众女妖，杀戮天皇臣民，劫财劫物。近来又残忍杀害大日本国戏剧大师范美武女士，凶恶至极。现全岛悬赏缉捕女魔头黎蕉妹和众女妖，有抓获匪首或告知踪迹者，赏银……

陈嘉安极力掩饰着内心的喜悦："范美武死了！"

林海榕疑惑地问："黎蕉妹？黎蕉妹是谁呀？"

陈嘉舒看着告示上黎蕉妹模模糊糊的照片说："一个长着男人骨头的中国女人。买马配鞍替爷征，古今都有花木兰。"

蔡忝亦惊亦喜："如此这般，咱们的歌仔戏还能保得住！"

黄炎祖兴奋地带着大家赶路："到了住处，咱们置香案，拜戏神，好好孝敬孝敬田都元帅，真是祖师爷赏饭吃啊！"

  万户伤心生野烟，百僚何日更朝天。
  秋槐叶落空宫里，凝碧池头奏管弦。

当天夜晚，林海榕第一次和歌仔班的众弟子，在诗佛王维悼念雷海青《凝碧池》的齐声唱诵中，庄严地祭拜他们心中神圣的田都元帅、会乐天尊、昊天帝子——戏神雷海青。

黄炎祖的明月班和蔡忝的水仙班，从此合并在一起，取名号为宜兰歌仔班。众人公推黄炎祖为大班主，主理人事、钱物、联络、住宿、餐食等事宜；蔡忝为二班主，主理排练、指导、演出、剧务、场景等事宜；陈嘉安主理编写剧目；林海榕主理演唱曲调。

晚饭之后，陈嘉舒就要辞别宜兰歌仔班的众人，返回基隆。

陈嘉安拉着林海榕的手，跟陈嘉舒说："哥，这位林海榕妹妹，过台湾来还有一件更重要的事,就是寻找她失踪的女儿阿梅。她的男人叫邵时地,五年前下了南洋,女儿阿梅去年又被拐走了……"

"等一下,等一下。"陈嘉舒突然打断了妹妹陈嘉安的话,转过头来问林海榕,"您的男人叫什么?邵时地?"

"是的,陈先生。我的男人叫邵时地。"林海榕点头答道。

"巧了。前些天,好像有一个叫邵时地的人,来寄侨批。我告诉他日本人加税太多,别看这么多的洋银,汇到家后一半都剩不下,就劝他自己随身带回去,只是水路上要多加小心。"陈嘉舒说。

林海榕问陈嘉舒:"陈先生,您能记起侨批寄到哪里吗?"

陈嘉舒回忆着:"最近侨批不多,我依稀记得是漳州龙海的什么地方,收批人姓林,没错!是姓林。"

"龙海浮宫镇丹宅社?林海榕?"林海榕帮着回忆。

陈嘉舒拍拍自己的头,用力地回忆:"是林海榕。您说的浮宫丹宅什么的,我确实不记得了。"

林海榕仿佛看到了一点希望,邵时地不是下南洋了吗?难道他没去南洋,而是过了台湾?可地址和姓名都没错啊。难道是重名重姓?不会吧?不会有这么巧的事。林海榕抬起头,对陈嘉舒说:"有劳陈先生回去查一下,帮我弄准地址和人名,拜托了!"

"不要客气,海榕仙。虽然侨批没寄,但只要是有底根,就查得到。"陈嘉舒嘴上这么说,心里却没有底。有底根吗?

陈嘉安叮嘱哥哥:"还有阿梅的事,你也帮打听着。"

"愿意效劳。"陈嘉舒说完别过众人,离开了宜兰班。

林海榕祈拜妈祖,她但愿陈嘉舒能查到邵时地的踪迹,那样的话,她会写一封回批给他,告诉他这些年发生的一切。如果他到家了，让他带好阿海，她找到阿梅后，就跨海回家团圆。她要告诉邵时地，从此以后，千难万难，一家人再也不要分开。

宜兰班在抵抗日本人"皇民化运动"的同时，边改边演，一步步地把歌仔向本土化、戏剧化推进着。他们落地宜兰之后首演的歌仔戏《山伯英台》，就是陈嘉安根据传统故事《梁山伯与祝英台》和歌仔册上的唱词改编而成的，林海榕扮演祝英台。

首演的那一天，是在东边靠海的一个渔村古庙旁的老戏台。伴随着大海的浩荡长风，渔火被呼啦啦地点燃了，在夜空中闪亮耀目，映红海天。歌仔戏的鼓点响了起来，大广弦等各种乡土古旧的器乐时而此起彼伏，时而琴瑟和鸣。结束了一天劳作的人们，在这样一个被他们喻作"欢乐宫"的渔村戏台下，在戏中先人过往的悲欢里，一同欣喜，一同忧伤，一同体味着人间苍生的甜蜜与苦涩。

林海榕演唱《英台回批》一折时，一下子联想到了自己的遭遇和处境。她多么想快快地找到阿梅，快快地知道邵时地的下落，然后写一封回批，告知自己的行踪，早日回大陆一家人团聚。

林海榕唱得如泣如诉——

仁心近前劝阿娘，不要刈吊全无心，官人的病是不要紧，看你思念真可怜……

台下的观众，早已分不清台上的苦旦，究竟是歌仔仙转世，还是祝英台重返人间。他们陶醉在这个虚拟的戏剧情景中，透过在演员心中竖起的第四堵墙，一同融入了物我两忘的境界。

"惟至人之非己，固物我而兼忘。"看着林海榕的表演，黄炎祖和蔡态,再一次被她那穿透海天的唱功所折服,被她那沉浸角色的演技所感染,被她那俏丽娇美的扮相所惊艳。

出将入相一台戏,悲欢离合千古愁。古往今来,只要是有娱神的庙社,同时就有娱人的欢乐。每一出大戏,只要是在平凡地上演着不平凡的人间故事,那么,就永远不会落下帷幕。

台上台下的每一个人,都坚信不疑。

06

火遍台湾乡野的宜兰班歌仔戏,不久就演到了台北。

师公和尚戏,没声免做戏。唱做俱佳的林海榕,在连日的奔波赶戏中,嗓子倒了。慕名而来的歌仔迷,无不遗憾失望。自古戏路在水路,跑码头的艰辛只有艺人自己知晓,但让林海榕嗓子倒掉的,还有另外一个重要的原因,就是陈嘉舒跟她确认的消息。

那天陈嘉舒回到基隆的批局后,问遍了所有的人,翻看了全部的批档,结果除了已经告诉过林海榕的那点儿零星的记忆,没有留下邵时地汇寄侨批时的只字片纸。更让他为难的是,阿梅还没有任何消息,日本福摩萨商会的菊川会长又软硬兼施地让他去请林海榕唱堂会。

菊川会长是个军商两界兼职的复杂而又危险的人物,把林海榕送进他的日本福摩萨商会会馆,就如同把羔羊送进了狼窝虎穴。不去请林海榕,惹恼了菊川,以后宜兰班在台湾可能再无立锥之地,他自己在基隆的批局,从此算是衰掉了;可是去请林海榕,哪个有良心的中国人愿意把自己的同胞姐妹推到禽兽的嘴边。

正月寒死猪，二月寒死牛，三月寒死播田夫。林海榕听陈嘉舒说完后，心里立刻寒凉透顶，嗓子再也发不出任何声音。她看着同样不知所措的蔡态、黄炎祖和陈嘉安，深知是自己给他们招惹了祸端。天赋异禀，扬名立万，能为宜兰班的兄弟姐妹赚钱糊口，是她林海榕心甘情愿的。她爱歌仔戏，可她没想过拿唱戏赚钱发财，她只是想一边唱戏，一边寻找她的阿梅，还有她的邵时地。

绝不能让自己招惹的祸端累及无辜的宜兰班，殃及陈嘉舒的批局。林海榕毅然决然地拿起纸笔，写下"好了就去"四个字，然后坚定地递到了陈嘉舒的手上。林海榕以前不认识几个字，当初抱着大广弦唱歌仔，都是她从老艺人那里偷听时凭记忆记住的，那年黄炎祖留给她的歌仔册，她几乎没有翻看过。过了台湾之后，是陈嘉安教她看戏本，记唱词，一点一点地学会了看书写字。

几天之后，林海榕和宜兰班走进了菊川的商会会馆。

看见会馆内满墙悬挂的大广弦、壳仔弦等歌仔乐器，林海榕他们仿佛穷书生走进了豪绅商贾家的大书房，心中慨叹着老天的不公。这世上有许许多多的好东西，大都是爱它的人买不起；买得起的，也都是叶公好龙，附庸风雅地撑撑门面，骨子里，并不爱。

菊川炫耀加卖弄地介绍着："俳优伎乐，恒歌酣舞。我虽为大日本帝国的臣民，但和你们支那的许多士绅商贾一样，大大地喜欢你们的戏曲演技。这些只是我收藏的一部分支那乐器，在我大日本本土的家中，还有很多，全世界各个国家的乐器，都有。"

黄炎祖和蔡态他们听着菊川的吹嘘，脸上极力掩饰着心中的不屑，林海榕和陈嘉安都看出了菊川阴损的神情。

歌仔开戏了，菊川点的是《白蛇传》。看着林海榕扮演的白素贞在断桥边借伞，菊川的眼中露出一丝淫邪的念头，他上下反复扫视着林海榕的脸蛋、胸部和腰身，绝想不到眼前这位妙龄处子一般的歌仔仙，已然是两个孩子的母亲。菊川眼睛盯着台上，心里却在意淫着，后面的盗仙草、水漫金山、雷峰塔，根本没进剧情。

林海榕见过这样心存邪念的观众，她每次看到这样的人，大都置之不理，专心唱戏。可今天，在此刻，面对台下强占国土的侵略者，还有那些穿和服化浓妆的东洋婆，她想控诉，她想大骂。在最后一折上台前，林海榕告诉乐师们，雷峰塔一折结束后音乐不要停，直接起奏《窦娥冤》，她要怒斥台下这群闯入家门的豺狼和强盗。

正当台下的菊川和同僚就要虚伪地起身鼓掌的时候，乐师们出人意料地演奏起《窦娥冤》，林海榕在前奏时极速赶装，从幕后唱完第一句后，一身缟素地奔上了戏台——

长空恨海无情天，你有眼无珠有嘴不开装疲倦，坏人做坏四处逍遥摇摇展展，好人被欺无处安身度日如年。天啊天！哪里有天？日月天上早晚悬，世间清浊你难分辨，百姓苦海你不知深浅，你忍心看我们受熬煎。苍天啊！你装聋作哑何为天？我屈辱似海恨连绵，六月飞雪因我冤，我要以血溅苍天。我要以血溅苍天！

台下的蔡忩、黄炎祖和陈嘉安被惊呆了，他们把目光投向菊川，看见菊川的脸一阵红、一阵白，面部表情复杂难测。菊川转过头看着他们，阴冷怪异地一笑，随即慢慢地鼓起掌来。

"我要和，你们的海榕仙，单独地，谈一谈。"菊川说完，转身走了。蔡态和黄炎祖面面相觑，陈嘉安看见有人把林海榕带走，紧随其后跟了过去，却意料之中地被挡在了菊川房间的门外。

林海榕从容地走进了菊川的房门，扫视了一下这个有书案有博古架有中式雕花架子床的房间，看见脸色惨白的菊川正坐在书案旁，示意身边两个涂着樱桃红唇的艺伎出去并把门带上。

房间门在林海榕的身后被那两个艺伎轻轻关上的同时，菊川在林海榕的面前慢慢地张了口，他极力克制着内心的气恼："海榕仙，您今晚扮演的白素贞，我十分满意，但后面的白衣女囚的唱段，令我感到非常不快，一身白衣，戴着枷锁，悲切愤怒，和今晚的气氛极不相符。能否解释一下，这是个什么剧目？您想释放什么情绪？"

林海榕理了理白色的戏装，一双清澈的眼睛藏起忧伤，化作蔑视，盯着菊川，平静地说道："你们日本人都喜欢明知故问吗？六月飞雪、血溅白练的窦娥含冤的故事，难道没传到你们日本去？菊川先生既然这么懂中国的传统戏曲，尚不至于这样露怯吧！"林海榕把目光从菊川的脸上移开，暗中观察哪里有随手就能摸得到的防身用具。终于，她的眼神落在了右手边墙上挂着的军刀上。

她跟戏班里的刀马旦学过艺，她们说她的功夫超过了武旦的水平。宜兰班的艺人，都身兼多个行当。他们的歌仔戏，正一点一滴地借鉴和学习其他剧种的优点，取长补短，逐步走向成熟。

林海榕的目光在军刀上只停留瞬间便迅速离开了。菊川的脸上露出一丝很难察觉的尴尬，随即笑了笑："那么是什么让您如此地忧伤和愤怒？竟然不顾主人的感受，胆敢在戏台上宣泄。但说无妨，或许我能帮到您。"这一回菊川没有明知故问。

林海榕仿佛在欣赏屋内的陈设似的，慢慢地迂回到军刀的附近。

听到菊川的话,她轻蔑一笑,转过身来对菊川说:"你能帮到我?哼!那好,我问你,为什么我们中国人的土地和岛屿,你们日本人非要抢占了去?为什么我们闽南和台湾的歌仔戏,你们非要让我们穿上和服,唱你们改写过的戏文?"

等在门外的陈嘉安、黄炎祖和蔡忿,听到林海榕的质问,虽然也感到义愤填膺,但还是替林海榕把心悬了起来。

林海榕接着说:"我们中国人好端端地过着自己的日子,自从你们占了台湾后,多少人家破人亡,骨肉分离?!你们还把魔爪伸向大海的西岸,拐骗我们的女人和孩子,我的女儿,就是被你们的人给拐骗走的,你能帮到我?你能还我的阿梅吗?!"

"阿梅?你的女儿是阿梅?"菊川打断了林海榕的喝问。

应该说,阿梅被日本人拐走,只是林海榕的猜测,但接下来菊川和她的对话,却证实了她的猜测是准确无误的。

菊川突然转怒为喜,甚至觉得无比戏剧化。他拍拍手,招呼在外边等候的两个艺伎进来:"去,把那个叫阿梅的小姑娘带来。"

"阿梅?"林海榕也吃了一惊,怀疑自己的耳朵是不是听错了。

"没错,就是阿梅。"菊川得意地坐在了书案后面的官帽椅上,看着林海榕错愕的表情,"听好了,海榕仙,不久前,我们收养了一个小姑娘,至今不肯开口讲一句话。她叫阿梅,也是我们从别人口中知道的。一会儿您认一认,看看是不是您的女儿。如果是……"

敲门声打断了菊川的话。门开了,两个艺伎拉着一个瘦弱的小姑娘走了进来。菊川所说的"别人口中"的"别人",不是别人,正是不久前被抓的,此时正被关押在大牢里的黎蕉妹。

林海榕转过身去,一眼就认出了饿得皮包骨头的阿梅。天哪!

这是怎么回事？这是真的吗？没错，正是她的阿梅。她赶忙脱下白色的戏装，摘下头上的发饰，扑到了阿梅的面前。

阿梅睁着惊恐的大眼睛，"哇"的一声大哭起来，一头扎进林海榕的怀里："阿母！阿母！"

林海榕紧紧地搂着她苦苦寻觅的阿梅："是阿母！哎！阿梅，是阿母。是阿母啊！阿梅。"

菊川坐在椅子上，正了正身子，满意地欣赏着自己亲自导演的母女相见的一幕，脸上露出了不可思议的怪笑。

"阿母，山洞里的阿姆，都死了！有宝宝的阿姆，被绑上了，关在黑屋子里，不让出去。"阿梅上气不接下气地边哭边说，"快救救有宝宝的阿姆，她也要生小弟弟了，像阿海一样的小弟弟。"

林海榕听得似懂非懂，双臂一刻也没放开阿梅。

07

十几天前,黎蕉妹她们的藏身之地,还是被一个当地的汉奸密探发现,并告诉了日本人。并不知晓危险即将来临的黎蕉妹和姐妹们,那天傍晚刚要生火做饭,一个放哨的姑娘火速跑进岩洞报告说,天坑上面围着一圈荷枪实弹的日本大兵,还有人拿灯向下探照。

黎蕉妹率领众姐妹仓促应战,但终究因为武器弹药有限,寡不敌众。天坑上下一阵枪战之后,弹尽粮绝的姑娘们准备从溶洞里的暗河脱身,谁知,暗河另一端的出口处,早已站满了荷枪实弹的日本大兵。最先浮出水面的杨桃姑娘一看出口处有日本大兵,赶忙转身潜入水中,一个接着一个地接力触手,暗示她们往回游。愤怒地返回天坑里的姑娘们发现,天坑的岩壁上早已系下了绳梯,此刻正有几十个日本大兵,在火力的掩护下向下爬着。

黎蕉妹一个一个地看看和自己出生入死的姐妹,第一次在她们面前流下了泪水。她沉思了片刻,擦干眼角,决绝地命令姑娘们:"沉入暗河深处,集体守身自尽。"

"对!我们干干净净的女儿身,绝不能给倭寇畜生们糟蹋。"

"这些年，我们每个人，都赚大了。死了，不亏。"

枇杷姑娘看着黎蕉妹高高隆起的腹部和她身边的阿梅，叮嘱道："姐，上刀山下火海，你也一定要活着出去，把孩子生下来。"

芒果姑娘把最后一碗米汤端给了黎蕉妹："记住，活着出去，生下孩子，阿梅和你肚子里的孩子，是咱们所有姐妹的后人，就这两条根，千万不能断。"说完，芒果姑娘第一个跃入暗河。接着，枇杷、莲雾、杨桃和众姐妹，每个人都最后回头看了一眼黎蕉妹和阿梅，转身跃入了暗河深处。黎蕉妹泪流满面，阿梅睁着惊恐的眼睛。

那一刻，静静的暗河之下，犹如一座巨大的、深邃的水晶宫殿，正在深情地拥抱这群圣洁的女儿。一具具翩若惊鸿的身姿，一个个不屈苦难的精灵，在水中翻转沉浮，最终消失在视野中。

黎蕉妹一勺一勺地给阿梅喂完米汤，摸了摸正在腹中用力抵抗的胎儿，从容不迫地拉着阿梅走出了暗河溶洞，愤怒地瞪着向自己端枪走来的日本大兵。为了腹中的胎儿，为了身边年幼的阿梅，她黎蕉妹宁愿束手就擒。她要在押解的途中寻找任何可能逃脱的一线生机，她要为邵时地留下这两株弱小的幼苗。不，不仅仅是邵时地的，这是整个中华民族抗争到底的血脉延续。

菊川当然不会告诉林海榕这些事情。林海榕是在阿梅断断续续的只言片语中，模模糊糊地连贯起一个曲折的故事：阿梅被范美武或者是她指使的人拐骗走了，然后被偷偷地运到了台湾。范美武一伙人夜晚在台湾上岸后，正巧遇上了黎蕉妹她们的深夜行动。黎蕉妹杀了身穿和服的范美武，救回了阿梅，并把阿梅带到了她们的藏身之地。后来，日军剿杀黎蕉妹她们，怀有身孕的黎蕉妹带着阿梅被抓，其余的全体姑娘守身玉碎，悲壮沉河，英勇殉难。

林海榕怀抱着阿梅，脑海里快速地闪过很多念头。她还来不及细想黎蕉妹腹中胎儿的父亲是谁。不管怎样，能找到阿梅，救出阿梅，是她过台湾的最初愿望。但此时她又在想，用什么办法能把黎蕉妹也救出去，保住她和她腹中的孩子。

菊川原本打算先迫使林海榕这个有影响力的歌仔仙放弃演出歌仔戏，从而在心理上让众多的歌仔戏艺人放弃歌仔戏，改演大日本的剧目，进而让各界中国艺人放弃中国文化，以达到"皇民化运动"的教化目的。可让他万万没想到的是，为天皇文化殖民殉国的范美武带回的阿梅，却被妖女黎蕉妹劫了回去。抓到了黎蕉妹，带回了阿梅，却又是眼前这个扮相俊秀、嗓音清纯的海榕仙的女儿。

菊川离开座椅，慢慢走到林海榕和阿梅近旁，蹲了下去："十分荣幸让我看到了母女重逢的动人一幕。海榕仙，我这人是个商人，有恩于人，从来不求回报，但却非常喜欢做交易，这样我会感觉到商人的成就感，并且也认为这样才是公平的。两相情愿，互不相欠。有什么想法和要求，您尽可直言不讳，我们可以商量，用你们中国人的话说，买卖不成仁义在。怎么样？说说。"

林海榕抱紧阿梅，满脸厌恶地盯着菊川，冷冷地笑道："商人？伤人。还是你这个伤人的先说吧。"

菊川收起笑容，用一种不容否定的口气说："痛快，我欣赏。我的条件是，你留在我这里，穿上漂亮性感的和服，拍个照片，发表一个声明，告知民众，你今后不再演唱歌仔戏。然后我帮你，开办一个高级的戏曲训练班，您任教师，向中国的精英学生教唱大和民族的歌舞和戏剧。当然，这些学生里面，必须有您的女儿——令爱阿梅。这样，你们母女就再也不会分开了。以您的美貌、才艺和天赋，对我们大和民族的优秀文化肯定是一通百通。到那个时候，名望、财富就会接踵而来，您将不再是那些贱民草芥眼中的什么歌仔仙，您将从一个戏子脱胎换骨而成为享誉大东亚的戏曲大师、大艺术家。"菊川说话时，两只眼睛仿佛要把林海榕的短衫撕破一样，顺着她白皙的乳沟向胸部深处看着，自始至终没有移开目光。

阿梅看到菊川的眼神，用小手把林海榕的衣衫系好，慢慢地挪到妈妈的胸前，如同用身体保护妈妈一样，挡住了菊川的视线。

林海榕抱着胸前的阿梅："我留下来可以，但阿梅要离开这里，我做人质。发表声明、开班教戏的事，以后再讲。我要先住进你们的牢里，照顾黎蕉妹，等她把孩子生下来。"

菊川若有所思地看着林海榕娇美的脸蛋儿："都说是婊子无情，戏子无义，您海榕仙完全颠覆了我以往的认知。把阿梅送出去，可以；您到牢里照顾黎蕉妹，可以。但必须先答应我一件事，嫁给我！"

林海榕曾想到过菊川有霸占她身体的欲望，但实在没有想到过他有要娶她的想法。一个在被他们肆意践踏的土地上趾高气扬的魔鬼，什么样的女人没被他蹂躏过，尤其是那些含苞待放的姑娘。他到底看上自己这个两个孩子的母亲什么了？他究竟想要干什么？

菊川看见林海榕未置可否："大可不必怀疑我的求婚。不错，我菊川是个快五十岁的独身男人，也睡过无数的女人，但像海榕仙这样才貌双全、重情重义、胆识超群的女人，您是我见过的第一个。"

菊川对林海榕的赞美，是发自内心的，也是不可否认的。他说的自己的状况和经历，同样也是真实的。但他要娶林海榕的真实用意，一个不过是满足他要睡一个戏子的淫恶猎奇之心，一个是大摆筵席，大肆张扬，告知天下他菊川征服了一个中国艺人，进而一点点毁灭中华文化的险恶用心。这一层,林海榕没有想到。

"你这样的夸奖,我林海榕的耳朵早已经听出老茧。不过从你一个日本人的嘴里说出来,我确实感到意外和恶心。"林海榕站起身来,拉住阿梅,"先让阿梅走,然后送我进黎蕉妹的牢房,等她把孩子生下来。有准无,无准有,一切悉听尊便。"

菊川居然听懂了"有准无,无准有,一切悉听尊便"这句闽南话,他自己鼓了三下掌,抬高嗓门说道:"呦西!就按照您海榕仙说的办。来人,叫宜兰班的人进来,把阿梅接走。"

被挡在门外的陈嘉安、黄炎祖和蔡态听到菊川的这句话,拨开看门的几个人,径直走了进去。室内的对话,他们都听到了。陈嘉安一把搂住林海榕,无奈地掉下了眼泪:"海榕妹妹,你……"

林海榕轻轻地在陈嘉安的腰部掐了一把,在她的耳畔悄声说:"莫担心,我见机行事。好运歹运,不拼哪知。"随即又大声跟黄炎祖和蔡态说道,"两位班主大哥,天上有天公,地上母舅公,阿梅就托付给两位母舅公喽!等我和菊川成亲的第二天,你们俩记得要来'舅仔探房'哟!到时候摆上十二碗菜,吃杨梅酒。记得莫忘把我的阿梅带来哩。"说完,含着眼泪摸了摸阿梅的头。

阿梅被蔡态抱走时,"阿母,一起走!我们一起走,阿母!"的哭叫声,把陈嘉安的心撕得粉碎。黄炎祖扶着一步三回头的陈嘉安,心中只能默默祈求妈祖,保佑林海榕能死里逃生,大难不死。

林海榕木呆呆地望着他们远去的背影,脸上露出一丝苦笑,心中翻江倒海,一直等到看不见阿梅他们的身影,听不到阿梅撕心裂肺的哭叫声,才毅然决然地擦干满眼满脸的泪水,慢慢转过身来,不容拒绝地对菊川说:"送我进黎蕉妹的牢房。"

菊川示意两个军警模样的人,用绳子绑住了林海榕的双臂和双手,押着她向牢房走去。经过戏台的时候,林海榕从容地停住了脚步,她凝望着写有"出将""入相"的上下场门,与她钟爱的戏台注目告别。她在心中默默地告诉自己:"林海榕啊林海榕,你在戏台上的演出,此生此处,永远地结束了!生命的高潮和尾声,也已经来临,你一定要更用心地演好这人生的最后一幕大戏。尽管你和阿梅的相见就是分离,但你要对得起做人的良心和道义,你要想尽一切办法,保护好黎蕉妹和她的孩子。阿梅在陈嘉安那儿,阿海由曾嫂照看着,唯独遗憾的是,至此还不知道自己男人的下落。邵时地呀邵时地,你在何方?一家人的团聚,何日是归期?"

被推进牢门的那一刻,林海榕在幽暗潮湿的牢房里,最先看到的,是黎蕉妹那双英气夺人的大眼睛。她无论如何也不曾料想到,自己有一天会在这样的地方,见到台湾民众人人景仰的女侠、英雄,日本人视若瘟神的女妖、魔头,自己女儿阿梅的救命恩人。

08

船在大海上航行，前方就是泉州湾，宝盖山上的姑嫂塔，孤零零地耸立在山巅。那是一段凄婉断肠的故事，说从前有姑嫂二人，男人都过番下了南洋，久久未归。她们天天站在宝盖山山顶，盼夫远归，望穿秋水，可到老也没看到自己男人的身影。终于有一天，姑嫂二人绝望至极，一起纵身跃入大海。人们为了铭记她俩的忠贞，也为提醒离家的游子早早归航，就在宝盖山山顶姑嫂二人伫立过的地方，建造了一座石塔，民间百姓都叫它"姑嫂塔"。

终于要上岸了，邵时地紧了紧缠在身上的包裹，远远地眺望着姑嫂塔。宝盖山下，东海岸边，昔日泉州刺桐港"植参天之高桅、悬迷日之大篷，约千寻之修缆"的繁盛景象，早已衰败凋敝得如海禁一般。码头上死一样的沉寂，屈指可数的几个苦力在默不作声地搬运着少得可怜的货物。远处，一班被称作"路岐人"的戏子在收拾乐器和行头，偶尔被碰响的乐器声，烦躁刺耳。

邵时地在刺桐港的一家小客栈里苦等了三天，才搭上一只经海门岛去月港的小帆船。船上，一个做庄家设赌局的人和同伙撺掇邵时地押一押，他没理会他们。他晓得，这伙人是专门骗下南洋讨海人钱财的；他更明白，入了赌局的人，都是一更穷，二更富，三更起大厝，四更走未赴，从来没有一个赢家，没有任何好下场。

船头浪大风疾，从来少有人坐。邵时地躲开那伙赌博的人，来到船头坐了下来。近旁，一个吸着南靖土烟的青年男子，正眯着双眼眺望着前方。转头看见邵时地坐了下来，他们相互打量了一番。

"老兄，下南洋回来的？"青年男子递过一根土烟。

邵时地不吸烟，但这次却接了过来："不，过台湾。"

青年男子帮邵时地点燃土烟："我叫吴怀远，莆田人。"

邵时地深吸了一口烟："哦，吴老弟。您这是去？"

"广州。"吴怀远平静地望着海面，"我摊人命了。老家有一个劣绅，纵容家奴欺凌乡邻，那天欺凌到家母的头上，我一怒之下，把恶奴给打死了。我逃了出来，准备去广州，找新党。"

邵时地被烟呛得咳嗽了几声："是这样。在下邵时地，厦门人，现在家小都住在龙海丹宅乡下。"

吴怀远好奇地问："邵兄您过台湾，会亲友？做生意？"

"唉，都不是。"邵时地看着吴怀远朴实厚道的面庞，年纪不过二十左右的样子，心中放下了戒备，"我家原在厦门妈祖宫旁边的统井巷。十多年之前，我和一个唱歌仔的好上了，叫林海榕。家里反对我俩好，说做戏头，乞丐尾，坚决不准我娶戏子为妻。那时林海榕已经有了身孕，我俩无奈，就私奔去了龙海丹宅的好友家。谁知好友曾兄下了南洋，家里只有曾嫂和两个女儿。"

"龟笑鳖无尾，彼此都一样。看来我们差不多，都是离家出走的。只不过您是带着妻儿，我是独自逃命打拼。"吴怀远说。

邵时地接着说:"当年年底,林海榕生下了我们的女儿阿梅。为了照顾孩子,她没有再去唱歌仔。五年前,我们花光了身上的积蓄,日子煎熬,我和林海榕商量,下南洋寻曾兄赚钱,她当时又有了身孕,不同意。我后来偷偷走的,跟着客头上了下南洋的船。"

"那后来咋过了台湾?"吴怀远问。

"船遇上了顶头风,为了躲避海上风暴,就漂到了新竹。我死里逃生,离开了贩'猪仔'的船,上岸留在了台湾。"

以后的事,邵时地没说,吴怀远也没接着问,他把烟头扔进了大海,握住邵时地的手说:"龙交龙,凤交凤,隐龟交憨愚。我们交个朋友,等我在广州落了脚,就给你写批。邵时地,厦门妈祖宫旁边的统井巷,龙海的丹宅社,我都寄批,您总能收到一封。"

邵时地看着吴怀远说话诚恳,为人坦荡,联想到自己这五年多一个人在外漂泊的艰难,不由得替眼前这位年轻人此行的一路担忧起来。他转过身去,从包裹里摸出几块洋银,递给了吴怀远:"独自远行,造次颠沛,请吴贤弟务必一路保重。愚兄尚有一些洋银,请贤弟收下这些,路上以备不时之需,切莫嫌少。"

"不不不,万万不可。邵兄过台湾不易,赚的都是搏命的钱,我绝不能拿,还是留着拿回去养家置厝吧。再说,我们萍水相逢,我拿您的钱,没道理的。"吴怀远态度非常坚决。

邵时地说:"未娶妻不可笑人某爱走,未生子不通知人子爱哭。没经历过的事,你不知道前路有多难,拿上吧。"

吴怀远红了脸,低下头说:"那好吧,我拿着。食人一斤也要还人四两,就算我从邵兄您这儿借的,等我有了,加倍奉还。"

邵时地看着收下洋银的吴怀远,突然问了一句:"你刚才说去找新党，什么是新党，做什么的？"

"就是孙文先生他们搞起的一个党，把皇帝都赶下台了，共和了。对了，我听说北大有姓李和姓陈的两位先生，也搞起了一个什么党，专门为做工的和种田的穷苦人寻活路。我能找到他们谁都行。"吴怀远这次也是红着脸说的，但不是羞愧，是激动和向往。

邵时地听得有些感触："是不是和台湾的义士一样，专门与日本人拼斗？"他联想到了黎蕉妹组织的队伍，但没明说。

"可能差不多。"吴怀远眨眨眼睛反问道，"台湾有义军？"

邵时地点了点头："再不起来，咱就完了。"

船在海门岛附近码头停靠时，邵时地告别吴怀远，就近上了岸，直奔龙海浮宫镇丹宅社家里。

一路上，他仿佛看到林海榕带着女儿阿梅，还有第二个他不知道男女的孩子，正迎面向他奔跑而来。他也仿佛看到，自家的红砖大厝已经落成，喜庆的鞭炮声响彻大街小巷，他的林海榕正抱着大广弦，粉面含笑地唱起了动人的歌仔调……

> 天乌乌，欲落雨，阿公啊扛镬头去掘芋。掘啊掘，掘啊掘，掘到一尾黑泥鳅，咿呀咿哟真有趣味。阿公要煮咸，阿妈要煮淡，二人相打弄破鼎、弄破鼎……

沉浸在幻想之中的邵时地，被远处传来的一段童谣声惊醒，循着那熟悉的乡音，他看见曾嫂背着一个小女孩，正在大榕树下的溪水边洗衣衫，那个唱童谣的，是在她身边捉鱼戏水的一个小男孩。邵时地快步向前走去，招手高喊道："曾嫂！曾嫂！"

曾嫂抬头望去，认出了邵时地，她在衣衫上擦了擦双手，指着邵时地告诉那个小男孩："阿海，你爹，你爹回来了！"曾嫂收拾起洗好的衣衫，拉过阿海，对邵时地亦喜亦怒地嗔怪道："夭寿仔，短命鬼，你家阿海都这么大了，你咋才回来？！"

邵时地一下子抱起了阿海，惊喜地端详着自己的儿子，问曾嫂："海榕和阿梅呢？闯码头唱歌仔去了？"

曾嫂用盆子里的湿衣衫抹了一下眼角，一时间竟不知道从何说起："遭大事了！"邵时地悄悄下南洋走了，林海榕生下阿海后，重操旧业唱起了歌仔，女儿阿梅被人贩子拐走，林海榕寻女儿先去厦门，再过台湾……曾嫂把这些年来家里发生的一切告诉了邵时地。

邵时地听得脊背发麻，他亲了亲怯生生的阿海，脚下无根地跟着曾嫂回到了曾家大厝的天井内。曾嫂还告诉他："一个月前，阿海的阿公从厦门过来了，看见自己有了大孙子，心里挺欢喜的。阿公要把阿海带到厦门，他来抚养。孩子和老人很生，就是不去。我看阿公见到了孙子，你和海榕的事，他是原谅和默许了。"

邵时地把自己这些年来的遭遇跟曾嫂讲了，他给曾嫂留下了足够的房租和照看阿海的钱，准备先带着阿海去厦门找他的阿公，把孩子放在他阿公那里后，再等船过台湾去寻林海榕和阿梅。

曾嫂推辞说："前年你曾兄从吕宋回来过一次，带回洋银，起了大厝，还年年寄回银批，家里不缺钱。这些钱你留着用，水路盘费，孝敬老人，抚养阿海，哪处都少不了用钱的。"

邵时地坚持留下，曾嫂就是不收，二人来回推却了好久，邵时地才把钱给曾嫂留下，带着阿海去了厦门。离开时，阿海别的什么东西都没带，包裹里，全都是歌仔册，小小的肩膀上，背着大广

49

弦——那把曾嫂送给妈妈的大广弦,那把他从妈妈手中要下的大广弦。

在厦门妈祖宫旁边统井巷的一个鲨鱼档前,邵时地带着阿海,见到了正在卖鲨鱼块的父亲。邵时地的母亲早早过世,父亲是一个靠卖鲨鱼块养家糊口的档主。十多年了,打从邵时地和林海榕私奔离开了厦门,他就再也没有见过自己的父亲。看到父亲被海风和岁月打皱得苍老了许多的面容,他拉着阿海,在父亲面前长跪不起:"爸爸,儿子邵时地不孝。这是您的孙子阿海。阿海,快叫阿公。"

老父亲没有理邵时地,只是抱过了阿海,把盘中的海蛎煎一块一块地往阿海嘴里塞。邵时地说:"在生有孝一粒豆,较赢(胜过)死后敬一个猪头。等我过台湾寻回海榕和阿梅,就回来孝敬您。"

老父亲只管喂着阿海,头都没回,满腹怒气地说:"娶着好查某(女人)恰赢(胜过)请来三仙天公祖。家有贤内助比什么都强。你可好,和一个玩乐囡私奔,后来她又闯码头、唱庙堂,抛头露面,做了个下九流的戏子,还惹出这么大的祸端来。若不是我听到曾嫂给我讲,还不知道你们做出这些事情来。三日不偷掠鸡刹(竟)想要来做老大,真是不自量力。把阿海给我留下来,你们莫讲过台湾,就是下洋住番,永世不归,有准无,无准有,悉听尊便。"

邵时地任凭老父亲奚落和漫骂,一言不回。

老父亲把阿海身上的大广弦摘了下来,随手扔到了鲨鱼档案板下面脏兮兮的竹篮里。阿海见状,赶忙从竹篮里拿起大广弦,爱惜地用衣衫擦了又擦,还偷偷地瞪了阿公一眼。

阿公看着孙子阿海的一举一动,心里恼怒怎么小小的孩子也迷上了大广弦,悄声地骂道:"做狗不认得食屎,不守本分。"

一个月之后,邵时地把身上的洋银存到了厦门日兴批局,从厦门港登上了日本人的商船,再一次踏上了过台湾的水路。一群白鹭从天上掠过,美丽的鹭岛厦门,渐渐消失在视野之中。

"林海榕和阿梅,你们母女俩,此刻在哪里?"

09

　　林海榕走进牢房的那一刻，黎蕉妹警觉地打量着眼前这个陌生的女子，她白皙的脸庞上虽然还是戏妆，但却透着圣洁和端庄，浓密的黑发瀑布一般挂在身后，身上的衫裤是戏装的里衬，看得出她是唱戏的，白色的孝鞋，表明她刚刚扮演的是一个哭丧的苦主。黎蕉妹没有先开口说话，只是冷峻地打量着林海榕的仪容和举止。

　　林海榕慢慢适应着牢里的光线，同样端详着面前这位让倭寇谈之色变的女侠。许久许久，她才轻轻地坐在了黎蕉妹对面，回头看了看牢门的窗户，悄声对黎蕉妹说："我叫林海榕，是从大陆那边过来的，一边唱歌仔戏，一边寻找我走失的女儿阿梅。"

　　听到"阿梅"两个字，黎蕉妹突然一震："阿梅？你是阿梅的妈妈？唱歌仔戏的海榕仙、戏状元？"

　　"阿妹过誉了，我不过是一个闯码头的戏子。"林海榕娓娓道来，"我见到阿梅了，她说，是您从范美武的手上把她抢了回来。她让我快救救有宝宝的阿姆，说您要生小弟弟了。我就和菊川讲条件，用自己做人质,换阿梅出去,进牢照顾您生仔。我男人下南洋了,这些年来音批皆无。阿梅见过她爸爸,我们还有一个儿子阿海,我男人走后出生的,没见过他爸爸。我不能把阿梅弄丢了,一定要找回来,要不然,我对不起我的男人,没脸去见他。阿梅和阿海,都是他的骨肉。哦,我忘说了,我男人的名字叫邵时地。"

听到林海榕说出她自己名字的时候,黎蕉妹就全明白了。等到林海榕又说出"邵时地""他的骨肉"这几个字,黎蕉妹不由自主地摸了摸自己圆圆的肚子,脸上发烫,低下了头。

林海榕看着黎蕉妹淡棕褐色的脸庞,接着说道:"你是我家阿梅的救命恩人。都说婊子无情,戏子无义,我林海榕就是豁出身家性命,也要把你救出去。菊川说他要娶我,我说先答应我进来,照顾你把孩子生下来,再和他结婚,他同意了。结婚之前,我再与菊川谈条件,让他把你放了,要不然,一切免谈。"

黎蕉妹看着林海榕,一言没发,泪水顺着脸颊流了下来。

陈嘉舒用钱买通了监牢的看守和岗哨,答应夜晚来牢里探望林海榕。见到了林海榕,也就能见到黎蕉妹了。看守一脸坏笑地说,探望的可以,但男人的不行,女人的随便。这事,菊川当然不知道。

陈嘉舒看着自己的妹妹,一身书卷气的陈嘉安,正担心她敢不敢、会不会去牢里探望、送东西,没料到陈嘉安放下手中的笔,义不容辞地答应:"我去。先送进去一些衣物和吃食,见面后和她俩商量,看看想什么办法,能把海榕和黎蕉妹营救出来。"

当天夜晚,陈嘉安背着盛有衣物和吃食的背篓,来到了大牢。她从头到脚仔仔细细看了看林海榕,又好奇地看了一会儿黎蕉妹和她即将瓜熟蒂落的腹部,一样一样地从背篓里向外拿东西,小声说:"你生过两个仔了,可看得出还有多少天能生?"

"问过了,按她说的时间推算,应该就是这两天。"林海榕说完,把陈嘉安带来的海蛎煎和黑糖递给了黎蕉妹,"吃吧。她是我们宜兰班黄班主的夫人,叫陈嘉安,一位识文断字的女秀才。"

"嘉安姐。"黎蕉妹说完,刚要起身施礼,被林海榕阻止了:"你就不要起来喽,赶快吃些东西,肚子里的孩子要紧。"

陈嘉安帮林海榕替换身上的衣衫,贴在她的耳畔说:"听说,等黎蕉妹生完孩子,日本人就要把她和孩子一同处死。"

"一群畜生,变着花样杀害我们,就连一个刚刚来到人世的孩子都不放过。"林海榕的身子在颤抖。

"你真的要嫁给菊川?"陈嘉安故意大声地问林海榕。

"那当然喽!我可马上就是大日本福摩萨商会会长的太太喽!"林海榕冲着牢门方向,高声答道,然后低声对陈嘉安说,"这几天,蕉妹教会我几种徒手一招毙命的功夫。菊川的大婚之夜,就是他魂归日本老家之时。放心,我绝不会让他碰我的身子的。"

陈嘉安一下子又替林海榕担忧起来:"那你事后咋逃啊?哎呀!不行!这样做太冒险,变数太大喽。"

黎蕉妹挪动着笨拙的身子,来到陈嘉安近旁,把声音压到最低:"嘉安姐,您敢弄一个死婴进来吗?"

陈嘉安一脸惊恐,似懂非懂地看看林海榕。林海榕说:"你出去后,设法弄到一个死婴,当天晚上再进来,把死婴留下,用背篓把黎蕉妹的孩子背出去。死婴换活婴,狸猫换太子。懂吗?"

陈嘉安听懂了。她佩服她俩怎么想出的这个绝妙办法,这个只在她笔下的戏文中才可能发生的剧情，她也担心自己，有没有胆量把死婴背进来，再把活婴背出去。这年月，饿殍遍地，死婴好寻，可她这个只会编写剧本、舞文弄墨的女子，能担此重任吗？

看着黎蕉妹和林海榕期待和鼓励的目光，陈嘉安背上背篓，坚定地对她俩说："弄到死婴，我就进来。等我！"说完，转身走出牢门。望着陈嘉安的背影，林海榕和黎蕉妹都攥紧了拳头。

两天之后，黎蕉妹在林海榕的陪护和帮衬下，生了，但不是阿梅说的像阿海一样的小弟弟，而是像阿梅一样的小妹妹，很像很像。林海榕抱着刚刚出生的孩子，细细端详："蕉妹，这孩子和阿梅出生时简直一模一样，眼睛、鼻子、嘴，哪里都像哟。"

虚弱的黎蕉妹看着林海榕，心中翻江倒海，海榕仙啊海榕仙，姐姐呀姐姐，孩子像阿梅就对了。因为，她们都是邵时地的骨肉啊！别的什么事我都对你讲了，唯独我和邵时地的事，我没有告诉你。时至今日，你还认为邵时地下了南洋，你可知道，他漂到了台湾，是我救了他。五年多的时间里，不管我如何爱慕和暗示，他对你始终是忠贞不渝，是分别的那一刻，是我主动把身子给了他，才有了这个孩子。我，我该如何告诉你这一切啊？我的好姐姐，你，能原谅我吗？你，能原谅日夜思念着你和孩子的邵时地吗？

三天之后，陈嘉安又以送衣物和吃食为由，再一次来到了牢里。背篓的最底层，是他们从荒郊捡回的一个死婴。

那天，陈嘉安从大牢里出去后，就把林海榕和黎蕉妹的计划告诉了丈夫黄炎祖、哥哥陈嘉舒和二班主蔡态。他们暗自佩服她俩的聪慧和胆量，分头行动，顺利地捡回一个死婴——女娃。

蔡态说："要是黎蕉妹生下的是男娃呢？那不就穿帮了吗？"

55

黄炎祖说:"但愿日本人和看守没去看黎蕉妹生的是男是女。"

陈嘉舒拍拍妹妹的肩膀:"沉住气,就看你的了。"

去大牢的路上,陈嘉安心惊肉跳,手心冰凉,两腿发抖。等进了大门,她的心反倒平静如水。因为岗哨和看守都知道,牢中的海榕仙马上就是菊川会长的太太,而陈嘉安又是给海榕仙送东西的,所以哪个都没有严查和刁难。

一个拿着钥匙的看守还对陈嘉安说:"菊川会长真是沉得住气喽,还能答应海榕仙进牢照看黎蕉妹生孩子,要我,早就洞房花烛了。她林海榕也不是什么头水的黄花闺女,还搞什么排面?那个黎蕉妹也是喽,孩子生下来是死,不生下来也是死,莫不如在娘肚子里和娘一起走。菊川这是要闹哪样?搞不懂,真的搞不懂。"

说这样话的人,那就是"烦恼十三代子孙无米可煮——净操没用的心"。菊川可不这么想,这位受天皇指令到台湾开疆拓土的菊川,自幼就对中华文化有很深的研究,他尤其佩服西汉元帝派王昭君和亲、清朝康熙皇帝建小布达拉宫的做法,认为和亲与怀柔是征服一切的上上策。正所谓,上兵伐谋。不战而屈人之兵,善之善者也。菊川对林海榕和黎蕉妹,使用的就是他推崇的和亲与怀柔的策略。

一切按黎蕉妹和林海榕的计划进行着。

陈嘉安走进牢房后,扫视了一下四周,寻到一个牢门和窗口都看不到的死角,放下背篓,拿出上面的吃食和衣物后,从背篓的最底层拎出了一个包裹着死婴的襁褓,然后迅速地放在一件衣衫下面。

她们都平静了一下心跳,彼此用眼神交流了一下,又都不约而同地看看牢门,看看黎蕉妹熟睡的孩子。

陈嘉安焦急地悄声问道："男孩女孩？"

黎蕉妹说："女孩。你带来的这个呢？"

陈嘉安说："女孩。能被扔掉的，大多是女孩。"

林海榕说："没所谓喽，看守们只知道孩子生了，都没问男女。"

陈嘉安说："我默默地数了，从进大门到这里，一共二百一十四步，只要在这段时间里孩子不醒就没问题。"

林海榕说："放心喽！我俩观察过了，这孩子吃饱就睡，能睡上一个时辰，任何声息都不发。这不，刚睡下。"

"那快装到篓底，我抓紧时间出去。"陈嘉安在背篓底部垫上了软软的棉垫，慢慢把孩子侧身放到上面，又在头部盖上个小斗笠，然后把一些脏衣物轻轻地放到了斗笠的上面，"取名字了吗？"

黎蕉妹和林海榕互相看看，都摇了摇头。

陈嘉安问："蕉妹你是高山族哪个族系的？"

黎蕉妹说："我们是泰雅。"

陈嘉安说："那就叫黎泰雅吧。记住，孩子叫黎泰雅。"

黎蕉妹看看林海榕，流着眼泪，点了点头，心里想的却是，这个孩子，名字应该叫邵泰雅才对啊！

陈嘉安背上背篓，走出牢门，虽然内心焦急万分，但还是极力保持着正常的步态，从容地向外走去。黎蕉妹抓着林海榕的手，两人望着陈嘉安的背影，心一点一点地提到了喉咙处。

二百一十四步，陈嘉安在心中默默地数着步数，一边走一边还和遇到的人正常地点头、打招呼，直到走出大门外，在街巷上又走出好远，才把悬着的心放了下来。幸好，孩子睡得很沉，没有发出一点声响；幸亏，看守和岗哨都没有检查背篓。陈嘉安在离监牢大门很远的僻静处，从背篓底层抱出了还在熟睡的才降生几天的黎泰雅。

正端详时，远处响起了车笛声。陈嘉安循声望去，是菊川的汽车，正驶进监狱的大门。

10

菊川走近黎蕉妹牢房的那一刻,林海榕的歌仔哭腔派上了用场,并且展示得恰到好处。听到牢里的哭声,菊川快步走到牢门前,示意看守把牢门打开。林海榕听见有开门声,赶紧把死婴放到了黎蕉妹的怀里,并递给她一个眼神。黎蕉妹会意,抱着孩子哭起来。黎蕉妹的哭法也极符合她的性格和气质,只是悲愤地任泪水扑簌簌滚落,全身都在剧烈地颤抖,但是没有发出任何声响。

菊川来到林海榕的面前,从西装上口袋里掏出一条白色的手帕,爱怜地给她擦眼泪,然后又转身看看黎蕉妹和她怀中的孩子,伸手摸了摸孩子的额头,一个指头又在鼻孔处试了试鼻息。

"来人!把这个夭折的孩子扔出去,处理掉。"菊川命令着随从和看守,回头对林海榕说,"非常遗憾,我的海榕仙,对黎蕉妹孩子的夭折,我深表痛惜。不然,您又多了一个跟您学戏的弟子。"

黎蕉妹和林海榕与看守争抢着死婴。如果说一开始还有表演,怕看出来假的成分,那么到了后来,她俩动了真情,为这个男尊女卑的世道,为这个被人遗弃的女婴,也为自己刚刚被抱出去的孩子。

那一刻，她俩似乎都认定这个孩子，就是黎泰雅。

菊川从林海榕的身后抓住她的双肩，用力把林海榕的身体转了过来："怎么样？我的海榕仙，我们的约定该兑现了吧？"

林海榕怒视着菊川那张冷冰冰的大白脸："你不觉得，这个时候办喜事，对于我此刻的心情，太残忍了些吗？"

菊川面无表情："按照你们中国人的话说，生死自有劫数，造化命运在天。希望您不要触碰我耐心的底线。"

林海榕看了黎蕉妹一眼，黎蕉妹向她点了点头。

"那好吧，你回去准备准备，然后把我的婚服送到这里来。黎蕉妹是我的妹妹，这里就是我的娘家，三天之后，我就从这里出嫁。"林海榕帮黎蕉妹梳理着长发，对菊川说。

菊川露出笑意："从这里出嫁，新颖！有趣！像戏一样，好！"

林海榕拉着黎蕉妹的手："我们这里的婚俗，结婚当天，娘家妹妹是要作为伴娘，参加姐姐的婚礼的。我的妹妹就是她。"

菊川一脸淫笑："我不喜欢棕褐色皮肤的女人，虽然有人说这种肤色的女人性感妖娆，但我还是喜好您这种白皙娇嫩的皮肤。"菊川瞬间变了脸色，阴森地说："我想您一定知道黎蕉妹都干了些什么，我希望您不要得寸进尺！"说完转身走出牢门。

在牢门外，菊川看着林海榕："三天之后，我来迎亲。"

林海榕觉得，这三天的时间仿佛转瞬即逝，真是过得太快了。她还没有和黎蕉妹选择好用哪种方式除掉菊川——开门进来送浴缸的、量尺寸的、试衣服的就没间断过。

婚礼当天的早晨，林海榕正对着一堆和服生气的时候，从外面走进来两个艺伎。她认出了这两个脸色惨白的女人，就是那天在菊川房间里把阿梅带来的那两个人。她们是来给林海榕沐浴梳洗、化妆更衣的。一个时辰过后,当两个艺伎端着镜子,问林海榕是否满意时,她看见了镜子里的自己,头发被梳成了日本女人的灯笼鬓,身上穿着白色樱花图案的红色和服,心里有一种说不出的恶心。

她们之所以没有给林海榕涂成艺伎一样的大白脸、小樱唇,是因为婚礼上要拍照,照片要登报声明,发布"大日本福摩萨商会会长菊川君迎娶中国歌仔仙、戏状元林海榕"的消息,妆化浓了,看不出本来面目,是万万不行的。

不知菊川从哪里弄来的双顶轿,新郎一顶,新娘一顶,和闽南的样式一模一样。穿着和服上花轿,同从监牢里出嫁一样,是这场婚礼的第二个创举,喜欢与众不同的菊川很是得意。但第三个创举,是洞房行刺,菊川肯定不喜欢,黎蕉妹担心的是,林海榕能否成功。

临出牢门时,黎蕉妹在林海榕宽松的和服袖子里,用尽力气死死地攥了一下她的手,暗示她拼死一搏,除恶务尽。林海榕向黎蕉妹眨眨眼睛,示意自己明白,那眼神仿佛在说:"我会成功的。我能出去,定会救你;若出不去,我还回来。等着我!"

在监牢的正门口,菊川示意林海榕停一下脚步。刚从牢里出来,林海榕正极力地适应着外面的阳光,不料刚刚睁开眼睛,随着"砰砰"两声,又有两道白光直射眼底。菊川看着眨眼躲闪的林海榕,把她向自己的身边拉了拉,用命令的口吻说道:"您最好配合一下。出牢房,进洞房,您要露出无比幸福的笑容。知道吗?"

被菊川拉到近身的林海榕,站稳了身姿后,看了一眼菊川,转头长长地呼出一口气,对着前边拍照的人,露出了一丝表演般的微笑。"砰砰"又是两声,随着两道白光闪亮,"大日本福摩萨商会会长菊川君迎娶中国歌仔仙、戏状元林海榕"的新闻图片，定格在相机里，第二天上午，就出现在了台北的几份报纸上。

图片说明文字把新闻事件粉饰得虚假恶心，竟然说什么"中国歌仔戏戏状元林海榕主动放弃低劣的中国文化，即将排演大日本优秀戏剧，菊川会长深爱其才艺，两人情投意合，结为连理"云云。

不明真相的台北民众看到报纸以后，纷纷痛骂林海榕是"戏子无义，鲜廉寡耻，委身侍寇，下流淫贱"。陈嘉舒、蔡恭、黄炎祖和陈嘉安他们，气得把报纸撕得粉碎。

林海榕听从菊川摆布，照相、婚礼、新闻发布、大摆筵席，一直闹腾到午夜才进入洞房。

菊川的商会会馆，是一座四落的红砖大厝。他的卧室，也就是洞房，位于第三落正堂东侧的里间。光厅暗屋，是闽台民居的特色，本来应该有双扇木门、雕花架子床的东间，早已被菊川改成了日式推拉门和榻榻米。

菊川还在外间同军商两界的朋友喝着清酒，洞房里的林海榕身心疲惫，她环顾了一番这不伦不类的陈设，整了整有些凌乱的和服，开始回忆黎蕉妹教过她的弄死菊川的方法。林海榕从水果盘里拿起一根香蕉，她要吃一点，补充一些身体的能量。

就在这时，还是那两个艺伎，一左一右，把烂醉如泥的菊川架到了洞房里，放倒在榻榻米上。她俩铺好褥子，开始给菊川宽衣解带，直到全身一丝不挂，最后盖上被子。

这两个艺伎又要服侍林海榕宽衣，被她示意婉拒了，那二人没有强迫，退出房间合严拉门，起身走了。

看来一切要比黎蕉妹预想的顺利。

她们原来的计划是，第一步，在洞房之内，与菊川喝酒，想办法灌醉他，菊川现在已经大醉而睡，鼾声大作，酒气熏天，这一步，省去了。第二步，学着日本女人侍寝的做法，帮助菊川除去身上的衣物，扒得他一丝不挂，在这样的情况下伺机下手，对方的抵抗能力会降低很多，这一步，也省去了，菊川此刻正一丝不挂地躺在被子下面。现在的情形，于林海榕对菊川下手非常有利。

林海榕镇定了一下，开始寻找绳子一类的东西，终于发现，和服上的腰带和绳带，就是最顺手的家什。她解下自己身上的腰带和绳带，并把放在一旁的菊川的腰带和绳带也拿在手里，然后掀开被子，先把菊川的双脚绑在了一起，接着绑住双手，菊川没有任何反应。

林海榕再次镇定了一下，把一团手套、袜子一类的东西塞进菊川张开的大嘴里，然后猛吸一口气，双手死死地钳住菊川的喉咙，用尽平生之力，直到菊川没有任何气息，才放开手。

除了林海榕急促的心跳和呼吸，室内外没有任何声响。红烛跳动着胜利的火焰，照映着她圣洁的面庞。林海榕用被子把菊川的尸体里三层外三层地盖了起来，整理好方便逃离的行装，然后拿起蜡烛，点燃了盖在菊川身上的被子。

林海榕拉开拉门，从正堂经侧门拐进了护厝的过道，就在她正准备从后门逃出去的时候，两把锋利的日式军刀架在了她的脖子上，寒光刺骨。林海榕慢慢回头，看见了两张毫无表情的惨白的脸，红唇嗜血，还是侍奉菊川的那两个艺伎。

牢门再一次被打开，黎蕉妹看见林海榕被五花大绑地推了进来。她一把扶住林海榕的双肩，没有张口，眼神却是在焦急地询问。

林海榕自信地点了点头:"延平王到热兰遮——成功。"

黎蕉妹抱住林海榕:"确信成功喽?"

"我怕没掐死,又盖上几床被子,放了把火。"林海榕说。

"对,点了他。"黎蕉妹全身热血奔涌。

林海榕和黎蕉妹,都长长地舒了一口气。

11

邵时地搭乘的日本商船从基隆港靠岸。他从基隆到宜兰，从宜兰到桃园，从桃园到台北，一路按着当地歌仔戏班里艺人的指引，在台湾岛北部转了一圈，终于来到了宜兰班暂时落脚的台北。

邵时地还没有找到宜兰班的住处，就在台北街头人们的议论中，得知了"大日本福摩萨商会会长菊川君迎娶中国歌仔仙、戏状元林海榕"的消息。他赶紧找来几天前的报纸，没错，不是重名重姓重行当，头版下方的大照片虽然印刷得很模糊，但自己妻子的容貌他还是不会忘记的。邵时地看见照片上，林海榕身穿宽大的和服，梳着日本女人的灯笼髻，与菊川正襟而立，脸上还挂着令人捉摸不透的笑容。

邵时地仿佛当头挨了一闷棍，瞬间就蒙了。咋了？她来台湾这才多长时间啊？没找到阿梅，不知道我的下落，就贪恋荣华、卖身倭寇，嫁给日本人了？不可能，林海榕绝不是水性杨花的女人，这一点，他深信不疑。那报纸上的消息和照片又怎么解释？邵时地一下子坠入了迷雾之中，就如同此刻台北街头的大雾，让人看不清眼前的一切。

陈嘉舒从汇寄侨批的客人口中得知,大婚之夜,歌仔仙林海榕刺杀了菊川会长,并一把火烧了商会会馆。他赶忙追问,那后来呢?林海榕逃出来了吗?得到的回答是,林海榕没有逃出来,不过她没死,而是又被抓进了大牢里,和死囚黎蕉妹关在了一起。

陈嘉舒连夜从基隆赶到台北,见到了妹妹陈嘉安、妹夫黄炎祖和二班主蔡焱,并从他们口中证实了传闻准确无误。大家一筹莫展,都在想着营救林海榕和黎蕉妹的办法。陈嘉安给怀里的黎泰雅喂着米汤,一旁的阿梅睁着惊恐的大眼睛,紧紧拉着陈嘉安的衣角,也早已经明白林海榕妈妈和黎蕉妹妈妈的凶险处境。

几天之后的台北街头,潮湿阴冷的海风,把棕榈树刮得呼呼作响,两棵高大的椰子树,被风拦腰吹断。

邵时地漫无目的地走着,突然听到有人在高喊,处决女魔头黎蕉妹了!还有那个大陆那边过来的歌仔仙林海榕!又是一个让邵时地震惊的消息,他怔怔地缓过神来,顺着人流向长街的尽头拥过去,随后又被推挤到街边门市的廊柱旁。

清路的两队日本大兵走过之后,是一前一后的两辆囚车,前边押解的是黎蕉妹,邵时地一眼就认了出来,他双手揪着自己的头发,顿时觉得五雷轰顶,眼冒金星。邵时地看着被五花大绑的黎蕉妹,明显比分别时瘦弱许多,她那淡棕褐色的俏皮的脸上,挂着几块红色的血渍,黑色的眼睛里,没有一丝恐惧。

一路上,黎蕉妹看见路旁围观和送行的人群,像对众人,又像自言自语,高声说道:"我,就是大家传说中的妖女黎蕉妹,恐吓小孩子时说的虎姑婆,日本人眼中的女魔头。我就是想告诉所有的侵略者，如果倭寇们所谓的文明，就是叫我们的民族屈服和灭亡，那我就让他们看看，什么是我们泰雅人的'野蛮'和骄傲！台胞们！侵略者的目的只有一个，就是要抢走我们的领土，就如同当年那些野蛮的荷兰仔，要抢走我们手中心爱的玩具一样，他们，从来都不会和我们玩平等的游戏。同胞们，你们说，天下哪有这样的道理？同胞们，起来呀！拿起手中的武器，与倭寇们血战到底！"

街道两侧送行围观的人群里，有人在风中无奈地叹息着，默默无言；有人哭泣着，悄然抹掉了挂在眼角的泪水；还有人和邵时地一样，用力地攥紧了拳头，怒视着押解囚车的日本人。

"下辈子再见了！同胞们，一个黎蕉妹死了，没有什么遗憾的，没有什么可怕的。因为，我赢得了灵魂的高贵和尊严，我对得起我的民族和脚下的土地。"黎蕉妹回头看了一眼林海榕，"海榕姐，最后再来一段，大家喜欢听你唱的歌仔，咱们唱着上路！"

还在惊愕中的邵时地听到黎蕉妹的话，向后面的囚车望去，终于看到了他六年未见的老婆林海榕，一下子瘫倒下去。随即，几个陌生的台北人，把邵时地扶了起来。

"海榕仙！唱一段！唱一段！海榕仙！唱《窦娥冤》！唱《窦娥冤》！海榕仙，《窦娥冤》！"送行的人群在高呼。

林海榕仿佛听到了那年端午之夜海门社戏迷的欢呼，她环顾着街道两侧的人群，看到了陈嘉安抱着黎泰雅，一旁的黄炎祖搂着阿梅，用手紧紧地捂着她的眼睛。她看到了二班主蔡态，看到了批局头家陈嘉舒，唯独没有看到她男人邵时地。

林海榕略有遗憾和伤感，但已心满意足，她高声唱道——

长空恨海无情天,你有眼无珠有嘴不开装疲倦,坏人做坏四处逍遥摇摇展展,好人被欺无处安身度日如年。天啊天!哪里有天?日月天上早晚悬,世间清浊你难分辨,百姓苦海你不知深浅,你忍心看我们受熬煎。苍天啊!你装聋作哑何为天?我屈辱似海恨连绵,六月飞雪因我冤,我要以血溅苍天。我要以血溅苍天!

林海榕唱的依然是陈嘉安改编的《窦娥冤》。

歌仔声中,夹杂着一个女孩子撕破喉咙的哭声。被人扶起的邵时地惊醒过来,循着哭声望去,听见黄炎祖搂着痛哭的阿梅:"阿梅,不哭!不哭,阿梅!最后看一眼妈妈,记住这两个妈妈!"

邵时地高声叫道:"阿梅,阿梅,我是爸爸呀!阿梅!"

阿梅停止了哭泣,瞪大双眼:"这不是她被救到天坑时,第二天就走了的那个人吗?难道他就是爸爸?"陈嘉舒用力地回忆着,认出了当初来汇侨批的邵时地,他告诉阿梅:"是你的爸爸。"

阿梅终于见到了自己的爸爸,她一下子扑到邵时地的怀里,哭喊着叫道:"爸爸!爸爸!救救两个妈妈。"

人们万万不曾想到,林海榕、邵时地一家人的团聚,竟然是在这生离死别的赴刑场的黄泉路上。蔡惢和黄炎祖追着囚车,高喊着林海榕和黎蕉妹的名字,邵时地抱起了阿梅,陈嘉舒和陈嘉安举起了黎泰雅,努力让林海榕和黎蕉妹看到阿梅和黎泰雅。

林海榕停下了歌唱,黎蕉妹也转过头来,她俩同时看到了邵时地、阿梅和黎泰雅,相互看了看,都死而无憾地笑了,笑得是那样的满足,笑得是那样的甜美,笑得是那样的不加掩饰。

她俩想起了今早临出大牢时的对话——

"海榕姐,你的男人邵时地没有下南洋,他漂到了台湾。"

"看见你生的小泰雅那么像阿梅,我就猜到了。"

"我救了他,爱慕他,可五年来他天天想的是你和孩子。"

"我们俩都是邵时地的女人,我们是亲姐妹啊!"

"现在,我惦记的是阿梅和泰雅,她们的妈妈,都没了。"

"放心,有陈嘉安他们照看呢,他们都是好人。"

"但愿,邵时地能找到他们,找回我们失散的两个孩子。"

"邵时地和两个孩子,别看到我们俩一起赴死。"

林海榕和黎蕉妹扭着头,眼睛一眨不眨地盯着邵时地和两个孩子。邵时地和两个孩子,早已哭得天旋地转。围观和送行的人们,看到眼前这一幕,都恨不得把牙咬碎。

日本人杀害黎蕉妹和林海榕的地点,是台北的大稻埕刑场。行刑前的那一刻,在风中伫立的姐妹二人,如春兰沐雨,若夏竹经风,像秋菊凌霜,似冬梅傲雪,一起踏上了黄泉之路。

行刑后,蔡忞、黄炎祖、陈嘉舒他们帮着邵时地抬回了林海榕和黎蕉妹的遗体,掩埋在台北的金宝山上。

陈嘉安含泪为黎蕉妹刻下——

木兰洒血台民泪,能出其右尚有谁?
他年青史书义勇,莫忘泰雅黎蕉妹。

陈嘉安写给林海榕的碑文——

出将入相戏状元，唱念做打海榕仙。

守节取义唱大风，音断魂留昭海天。

远方的大海上，长风浩荡，排浪滔天，鸥鸣啼血。

12

歌仔戏在黄炎祖、陈嘉安和蔡态他们的手中，从随意性极强的幕表戏演出形式，成功转变成按剧本演出的定目戏，古老的歌仔调，终于定型为歌仔戏，受到台湾民众的喜爱和追捧。从年节到庙会，从祭祖到祈福，从城镇到乡野，从集市到海边，一部是《山伯英台》，一部是《陈三五娘》，岛上各地的歌仔班纷纷派人来学戏，艺人们演到哪里，戏迷们追到哪里，一厝好戏，时常是连演数天不落幕。

范美武和菊川等人对中国传统文化的打压和毁灭，其实是日本侵华推行"皇民化运动"的序幕，尽管如此，梨园戏、高甲戏等所有的闽南传统戏曲艺术，不是被改得面目全非，就是到了山穷水尽。新生的歌仔戏，更是"尼姑生囝不敢育，和尚死某不敢哭"，虽然它让来到台湾的山畲水疍客家人，找到了一腔乡愁的宣泄地，但歌仔戏艺人的处境，真的犹如乞丐一般，举步维艰。

林海榕和黎蕉妹被杀之后，宜兰班为了躲避日本人的追查，在黄炎祖和蔡态的带领下，不得不转移到大山里给山民们演出。最困难的时候，他们几天演不上一场戏，有时台下只坐着一个观众。没有戏演，就没有收入，宜兰班十几个人，一天两顿饭，一顿就是几分钱的伙食。每逢有观众多的演出散场后，会吸烟的陈嘉安就会不顾戏班女秀才、老板娘的面子，主动到台下打扫场地，其实，她是在满地寻找烟头，把它们收集起来，留着写剧本没有灵感时再吸。

蔡愍劝陈嘉安："阿嫂，别改啦，还是演我们原来的幕表戏吧！插科打诨，讲些'二十更更，三十瞑瞑，四十算钱，五十烧香，六十拜年'之类的荤话，下边的人爱听、爱看，我们也有钱赚哪。"

陈嘉安默不作声，低头沉思。难道艰难走到了今天的歌仔戏，为了利益，为了迎合某些低级的趣味，一夜之间还要改回去？改回从前那种没有剧本、演出随意、低俗下流、演员和观众互相取笑、连杂耍都不如的幕表戏？不，那不是任何意义上的进步，只能说是局部上的倒退。那样的话，我们就是戏曲艺术的千古罪人，没有任何创造、进步和贡献可言。以后的某时某地，可能会有人带着这么做，但我们不可以。毕竟，能否赚钱不是衡量艺术价值的唯一标准。守正、创新，才是戏曲艺术发展的正道，才能让歌仔戏常演常新。

蔡愍又跟黄炎祖商量，黄炎祖答应先演一下恐怖的《大劈棺》和带有情爱色彩的《陈靖姑》试试效果。陈嘉安在一旁苦笑着说："不用试，这类戏，唱堂会、庙会没人点，但在膛岭腥滩上唱，肯定能招来成群的流氓、地痞和无赖。能不能给钱，你们讲哩？"

没有争吵，但宜兰班的意见分歧，明显出现了。

试演了几场之后，大家都发现，台下的人确有增多，但收入一如从前，流氓、地痞和无赖的盘剥，让他们雪上加霜。

唱什么戏都有人看，但戏的内容却会把观众分成不同的人群。

万般无奈，蔡态、黄炎祖和陈嘉安重新坐下来商量，最后的结果是，蔡态带着水仙班原有的人，下南洋去吕宋另谋生路；黄炎祖和陈嘉安带着明月班原有的人，搭乘厦郊——就是设在台湾，专门与厦门进行贸易的商行货船，随着货物一起回厦门，重新搭台唱戏。

歌仔戏在台湾成形，但此时，由于时局的逼迫，却又不得不离开台湾。好在，台湾本地的歌仔戏班，都有多年的歌仔戏演出经验，都认可了宜兰班陈嘉安他们新的定目戏演出方式。

在一旁的邵时地抱着小女儿黎泰雅，跟大女儿阿梅说："阿梅，我们也带着小妹，和黄伯伯他们回厦门，好不好？"

"好！回到厦门，我就拜黄伯伯为师，学歌仔戏。"阿梅说。

蔡态来到邵时地身边，轻轻地把黎泰雅抱了过来，小声地跟邵时地说："兄弟，我想求您个事，您看可不可以把小泰雅送给我做女儿？我蔡态嫌女人太麻烦，宁可去嫖妓，也不娶老婆，但有一天我老了，总得有个来哭路头的女儿。您把小泰雅送给我做女儿，我把她养大成人，教她学唱歌仔戏，您看您舍得吗？"

邵时地一把抢过蔡态怀里的小泰雅，一时间不知作何回答。

陈嘉安对邵时地说："兄弟，蔡班主的话，其实我和您黄兄也有此意。我们俩这些年也没生出个一儿半女，也想收养阿梅做女儿。刚才她说想'拜黄伯伯为师，学歌仔戏'，我们的心里都高兴得不行。好在你和阿海都住在厦门，日后阿梅和你们是可以时常见面的。您把小泰雅送给蔡班主，其实也减轻了您不少负担，可以安心做点别的事情。将来蔡班主发达了，小泰雅长大了，学成了歌仔戏，唱成了歌仔仙、戏状元，还会带着吕宋的咖啡和雪茄，回来看您的。"

邵时地看着眼睛忽闪忽闪的小泰雅,又看看等着他答应的阿梅,默默地点了点头,愧疚地把小泰雅交到了蔡惢的手里。

陈嘉安说:"黎泰雅的名字,是我从牢里背出她时给取的,姓她妈妈黎蕉妹的姓,泰雅人是高山族的族系,就是让她记住自己的民族。蔡班主,小泰雅虽然给您做女儿,但名字不改了,行吗?"

"不改,不改,永远叫黎泰雅。"蔡惢满口答应。

陈嘉安又对邵时地说:"阿梅给我们做女儿,也不改姓,还姓邵,我看就叫邵黄梅吧,把两个父亲的姓都带上,您的姓在前边,黄姓在后边,您看可以吧?阿梅,你说呢?"

邵时地感激地点点头。阿梅像得到了一件心爱的玩具一样,兴奋地搂着爸爸的脖子说:"邵黄梅。爸爸,我有名字了!我叫邵黄梅!我叫邵黄梅!我有名字了!"

邵时地跟大家说:"临行之前,我想带着两个孩子去金宝山的坟地祭奠一下,然后再去一趟新竹的海边,最后看一眼天坑溶洞。"

"我们陪你和孩子们一起去。"大家回答。

每年的十月到次年的三月,冬季的冷气流会顺着台湾中部的山脉从北向南吹。冷风吹到恒春半岛的时候,要通过石门峡谷等山谷地带,风洞效应加上地势陡降,让风力和风速突然增强,从山上猛冲下来,直扑大海。这种风,当地人称"落山风"。

这种风,台湾的北部偶尔也刮,风向相同,只不过是自下而上,从大海吹向高山。此刻的台北金宝山上,刮的就是这种风。邵时地他们一行人,宛若几片被吹落的榕树败叶,在狂风中飘忽不定。

林海榕和黎蕉妹的两座坟茔,孤零零地掩映在杂草之中。

邵时地抱着黎泰雅,拉着邵黄梅,从林海榕的坟前到黎蕉妹的坟前，一一叩头，然后注视墓碑，长跪不起。邵时地知道，人的记忆是非常有限的，记忆里的东西，会随着时间的流逝而逐渐淡化，甚至发生错位。他在强迫自己，记住眼前已经长眠于地下的林海榕和黎蕉妹，自己生命中的两个女人。但愿，十多岁的大女儿邵黄梅能清楚地记住两个妈妈；但愿，后来会有人给黎泰雅讲起，那曾经发生过的一切。这一别，以后的岁月将被愁苦的相思填满；这一别，莫问归期，就连再来祭拜一下，也已成为一种奢望。

邵时地的脑海中，林海榕、黎蕉妹的音容笑貌交替地闪现着——一个，仿佛妈祖一样的圣洁；一个，宛如精灵一般的存在。

陈嘉安的心中，一样地感慨万千，以后的日子里——

鼓浪屿上琴声起，阿里山头切切听。
舀干海峡思乡水，难诉骨肉别离情。

黄炎祖遥望海天，在心中苦苦追问，古往今来，多少闽南人，寸板孤帆下南洋，那是去异国他乡讨生计，而往返于大陆与台湾之间，只不过是在自己家的院子里来回走走。可现在，宝岛被割让，家园被占领，这条最窄处仅仅一百三十多公里，平均深度还不足五十米的浅浅海峡，怎么从此就阻隔了骨肉亲人的相见，这样的乡愁，还要郁结在同胞心中多少年？我们的国和家，究竟咋了？

他们久久不愿离开坟茔，离开时，每个人都一步三回头。

在新竹海边的天坑和溶洞里，几乎所有人都惊奇地瞪大了双眼，他们很难想象，一个姑娘就是在这里，带着一群受侮辱和受伤害的姐妹，与倭寇顽强地抗争了那么多年。邵时地看着破败的灶台烟囱、桌椅床铺，昔日的场景依稀就在眼前，勇敢的黎蕉妹、机警的枇杷、勤劳的芒果、神秘的莲雾、忧伤的杨桃……如果没有外敌侵入，她们，早应该嫁作人妇，生儿育女，过着安稳的日子。可她们不是，也未能，她们每个人都带着满身的伤、滴血的心，聚集在这里。这是一个苦难的"女儿国"，这是一支殊死抵抗的武装力量。她们或许在来到这里的那一刻就曾想到，终有一天，她们的首领黎蕉妹会悲壮地走上大稻埕刑场，而她们自己，为了纯洁的身躯和高贵的灵魂，要集体玉碎，跃入溶洞暗河，并在那里，像美人鱼一般魂归天国。

几天之后，在陈嘉舒的努力帮助下，他们依依惜别，各自登上了所需搭乘的商船，先后离开了基隆港，离开了台湾岛。

那一刻，他们每个人都在翘望，海天之间的台湾岛越来越模糊，直到一点一点地消失在视野中。

邵黄梅唱起了陈嘉安写的歌谣——

> 歌仔一曲心随情动，
> 今生有约粉墨相逢。
> 唱念做打，俗雅只需一个懂；
> 生旦净丑，描摹尽在不言中。
> 唱腔婉转韵调空灵，
> 念白含趣音容传情。
> 出将入相，千秋往事影朦胧；
> 聚散离合，两岸从来相思同。

邵时地、黄炎祖和陈嘉安他们望见鹭岛厦门的时候，蔡态搭乘的商船正顺着北风，扬帆向南，航行在巨浪翻滚的大洋之上。

黎泰雅的哭声越来越响亮。

前方，一片天水苍茫……

中部

人 隔两岸

戏 同音

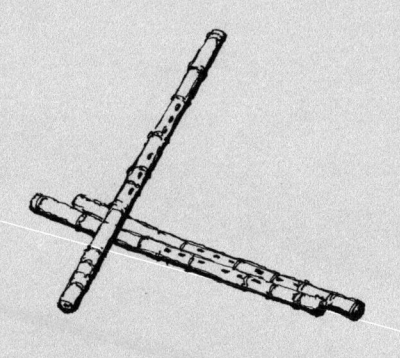

01

　　阿海与阿公最后决裂,是因为阿公摔坏了妈妈留下的大广弦。此时已经十六岁的阿海,大名叫邵曾海,名字是自己取的,阿公按照族谱上的字派给他取的名字,他说啥就是不肯叫。这十多年中,厦门妈祖宫旁边统井巷里的邵家,发生了很多事。

　　第一件,是爸爸邵时地带着姐姐邵黄梅回家来。本该是一家人终得团聚,欢天喜地,可爸爸说,妈妈林海榕被日本人杀害,已经葬在了台北金宝山;姐姐阿梅取大名叫邵黄梅,已经送给黄炎祖、陈嘉安夫妇做义女,回家来就是认认阿公,说说话就走。邵黄梅和邵曾海姐弟相见,自是悲喜交加,弟弟邵曾海央求姐姐邵黄梅,带他过台湾,他要知道妈妈的坟墓在哪里。邵黄梅看了看爸爸,答应弟弟的请求,说:"等你再长高一点,姐就带你过台湾,到阿母的坟墓前焚香、烧纸。"弟弟问姐姐:"我能和你一起去你们的明月班学歌仔戏吗?"姐姐偷偷看了阿公一眼,见阿公脸色阴沉,也就默不作声了。

　　阿公从来对戏子儿媳林海榕心存不满,听见儿子说儿媳已经死了，只是脸上略略收了一下笑容，又去逗孙子阿海。虽然阿公和孙女阿梅是第一次见面，阿梅水灵灵的古锥面容和身段，也没有引起阿公的爱意，他从来不喜欢囡仔，刚刚听说阿海要跟着阿梅去学歌仔戏，阿公轻蔑地看了阿梅一眼，把阿海紧紧地搂在怀里。

"以农为本，用末守本。用贫求富，农不如贾。积德累行，贾不如农。息贾归农，筑庐田间。锄云耕月，笠雨蓑风。酿禾而醉，饭稻而饱。春秋不知，荣枯不问。"阿公眯着眼睛给阿海背诵他的人生哲学，"你听仔细，这里哪有戏子什么事？"

阿海挣脱阿公的怀抱，从墙上摘下妈妈留下的大广弦，递到姐姐的手中。姐姐看见妈妈的大广弦，眼泪一下子无声地流了出来。弟弟手摸着大广弦，恨不得此刻就让姐姐演奏起来。

阿公气愤地摇着头，看看两个孩子，又看看儿子。

邵时地一言不发，他在回忆着林海榕、黎蕉妹。人生经历过的哪一页，其实翻过去之后，会时常翻回来再看看的，只不过今天再看那些过往时，感觉自己当年的事故，就是岁月里的一个平淡故事，早已不在意了。但邵时地在意，不仅在意，而且是刻骨铭心。

第二件，是爸爸邵时地收到一个叫吴怀远的人寄来的一封批。爸爸看完批后，从日兴批局取出一小部分洋银交给阿公后，带着绝大部分洋银，离家出走了，他讲他要去找吴怀远他们，为林海榕、黎蕉妹和所有被倭寇侵略者杀害的中国人报仇雪恨。邵时地认为，绝不能用黎蕉妹给的洋银起大厝，拿着她与日本人拼杀搏命换来的钱，过自己安逸的小日子，那样的话，他对不起惨遭杀害的黎蕉妹和林海榕，还有天坑溶洞里的英魂，他会无颜面对天国里的她们。

邵时地带上洋银走了，在广州找到吴怀远，一路辗转之后，秘密买了一批武器弹药,两人又悄悄回到了闽西南的龙岩地区。邵时地他俩加入红军时,这支队伍在一个叫古田的地方,刚刚开过一场会议。

阿公绝不是"无冬至也要搓汤圆"的贪心之人,他只是想要自己的后人老老实实地种田、读书、经商,干一样就好。可偏偏儿媳是个他看不起的戏子,儿子这又走上了一条掉脑壳的道路。儿大不由娘,他这个靠卖鲨鱼养家糊口的爹,也是管不了这许多了,他们死的死、走的走,他只好盼望孙子阿海好好读书,日后能光宗耀祖。

第三件,是姐姐邵黄梅自从那次见了阿公一面,就再也没回过妈祖宫旁边的统井巷。邵曾海想见姐姐,都是自己去明月班找,可阿公总是阻止。他知道,阿公是不准许他学歌仔戏的。他更知道,后来的姐姐,已经成了名震鹭岛的歌仔仙,人们都说她不愧是林海榕的女儿,唱腔、表演、扮相、身段,活脱脱是林海榕转世。

爸爸走了之后,一直没寄批回来,他是怕自己从事的事,累及家里人;姐姐成名之后,逢年遇节都要捎礼物回来,阿公总是把姐姐捎来的东西扔出去好远,唱戏赚来的,他不要,他不吃。

厦门妈祖宫旁边的统井巷一带,居住的都是些码头苦力、小摊贩和手艺人等生活在社会底层的劳苦百姓。妈祖宫香火旺盛,人流不息,这里自然就成了阿公这样卖鲨鱼海鲜熟食的小摊贩的聚集地,后来发达一些了,各自又都开设了固定的档口。庙社前,市集旁,凡是有人群的地方,自然少不了讲古、唱曲、演戏的艺人光顾。上庙敬香出来的人,从口袋里摸出几个铜板,要一份海蛎煎,或者奢侈一回,叫上半只姜母鸭,切一盘下货卤料,就着二两"万全堂"的米酒,或是"回春堂"的药酒,或蹲着,或坐着,一边听着讲古、戏曲，一边醉眼蒙眬地享受着辛苦劳作后的片刻安逸。

每逢此刻，阿公的生意都特别好。

"邵大，您的鲨鱼好料！明天再给我留一块，我下工后过来取。"吃过的人，一边掏钱一边说。

"干你老母！喝二两就来哭爹喊娘！"苦力仰着脖子喝干碗底，大骂来寻他回家的孩子，跟着孩子往回走时，边走边向讲古场这边张望。那浓酽的闽南风情，像他们离不开的香茶一样诱人。

宫前的讲古场，旁边的小吃摊，是妈祖宫前小小的休闲之地。讲古，就是说书，一言道尽天下事，数语描出世间情。闽南人常说的很多方言、俚语，在讲古人的口中，已经掌握和运用到了炉火纯青的境地。有的艺人，比如厦门著名的讲古仙陈番薯，一段《水鸡记》可以讲上两刻钟，句句押韵，而且是"一韵到底"。他们在讲古时运用并创造了许多闽南的俗语和歇后语，所讲的故事涵盖三皇五帝、天文地理，无所不有，讲古时表情丰富，带强烈节奏感，出神入化。讲古仙们丰富多彩的今古传奇和生动风趣的语言技巧，令人如醉如痴，废寝忘食。听讲古时，大人们会沏上一泡铁观音，围着讲古仙而坐，外层则站着邵曾海他们那些大大小小的孩子。看戏看轴，听书听扣。讲古仙讲到书扣处，往往是猛地一拍醒木，然后起身走一圈来收钱，大人们掏钱时，邵曾海他们则一哄而散，等讲古仙收完钱，坐好接着再讲时，方一个个从远处悄悄地溜回来，竖着耳朵接着听。

这样的场所，以前有歌仔艺人的踪影，但随着歌仔戏的定型，演出都是在固定的歌仔馆，就很少来这样的野台演出了。成名后的邵黄梅，就从来没到这里亮过相。所以，阿公担心的"孙女在台上唱歌仔,阿公在台下丢面子"的情形,从来没有发生过。

邵曾海和阿公的矛盾,第一次是从教书先生来家里开始的。

读三年级时,厦门岐山学校的教书先生在阿公面前参了邵曾海一本,讲邵曾海在学校一共有三宗罪。第一是上课时不专心,经常情不自禁地在课堂上哼唱歌仔,惹得其他同学哄堂大笑,他自己却还不知何故;第二是所有演算本、作业簿上的习题、笔记内容一字没写,上面抄的全是歌仔册上的唱词;第三是勾搭校外戏子在学校门口见面亲密,小小年纪就开始做"猪哥""讨客兄"。

阿公听得额头青筋直蹦,明知第三条是姐弟相见,也没心情给教书先生解释,一把拉过邵曾海,扒下裤子照着屁股就是一顿狂揍。

"歹歹马也有一步踢,啥人都有啥人的长处。"教书先生劝解,"不过孩子的学习成绩始终不错,每次考试都是优等。"

"优等个屁!从今以后,书不要读,跟我卖鱼。"阿公的一句话,彻底断送了邵曾海的学业。他明白,阿公让他辍学卖鱼,不但省下了学费,还能帮他赚钱,最主要的是可以时时刻刻在眼皮底下看着他,阻止他和姐姐见面,断了他学歌仔戏的念想。

可恼的是,邵曾海早已迷上了歌仔戏。他会唱婴仔歌仔、行船歌仔、采茶歌仔,甚至会乞丐们沿街乞讨时唱的乞食歌仔。姐姐带回来的台湾歌仔,竟如此令他着迷,深陷其中,不能自拔。

邵曾海和阿公的矛盾升级,第二次是他无心帮阿公做生意,痴迷歌仔戏经常算错账,并把账簿空白处写满了台湾歌仔戏的戏文。

从妈祖宫出去,不到一里路就是明月班的歌仔馆,习唱台湾歌仔。邵曾海卖鱼时,远方如泣如诉的大广弦不时飘过来,直撞耳鼓。那时优美动听的台湾歌仔对于邵曾海来讲,就如同五十多年以后大陆人听到台湾邓丽君的歌声一样,就是当时的流行歌曲,它是那样勾魂摄魄,深深地迷住了少年的邵曾海。他守着鲨鱼档,心却飞到了歌仔馆,飞到了姐姐一句句迷人的歌声里。他侧耳倾听,在心里跟着哼唱,顾客的问话,他听不见,经常心不在焉地找错钱。

阿公责备的目光,他看不见。终于有一天,被生计重担压得烦躁不堪的阿公彻底恼火了,狠狠地打了邵曾海一巴掌:"从明天起,你给我去码头当苦力!累得倒头就睡,看你还唱不唱歌仔。"

邵曾海和阿公的矛盾升级,第三次是阿公当着邵曾海好兄弟的面,摔坏了妈妈留下的大广弦,并导致阿海与阿公的最后决裂。

艺术对于有天生禀赋和强烈爱好的人,就是一杯忘情水。在厦门港码头繁重的体力劳动,并没有压垮瘦小的邵曾海,相反,他有了更多自由的时间去迷歌仔戏。守摊档是白天夜晚都要去的,而歌仔馆唱得最酣畅淋漓的时候是夜晚。做了码头苦力的邵曾海,白天干活,并没有像阿公说的累得倒头就睡,而是像个永远不知疲倦的夜游神一样,挨个歌仔馆听戏学曲。少了做生意赚钱的油滑,多了学歌仔唱戏的机灵,邵曾海在这段时间里,除学会了姐姐明月班以"七字仔"为代表的台湾歌仔,还到怡乐轩、宜乐地、亦乐班、新女班等歌仔馆蹭戏偷艺,掌握了《孟姜女》《乌白蛇》《英台歌》《郑元和》《陈三歌》《雪梅歌》等长篇连台本戏,《过番歌》《过台湾》《海底反》《火烧楼》《加令记》《杂货记》等中篇单本剧和《鸦片歌》《骗子歌》《烟花叹》《廿四孝》等劝善歌仔的全部演唱技巧。

在学戏过程中,邵曾海忧伤地发现,闽台人背井离乡、过番下洋、两岸分离、殖民压迫所积淀成的群体情感,似乎在歌仔戏里找到了宣泄的出口,这种集体无意识的深层心态,让歌仔戏的演出场域成了情感的宣泄地。把苦旦单列为一个行当的歌仔戏,哭,是它最具代表性的特色之一,过往的悲情,现实的苦难,似乎都要通过一个女人的遭遇来表达和倾诉。难怪戏班班主都不惜成本,在《厦门时报》上做广告,什么"天下最悲苦情戏、歌仔戏大哭腔、悲剧大结局",最后还在广告词中提醒观众:"请带上手帕观戏。"

邵曾海想起了小时候带过自己的曾嫂,他远在浮宫丹宅乡下的阿姆,想到她的男人过番在吕宋,自己带着三个女儿孤独地生活,她不就是歌仔戏里女主角吗?!那些日子里,邵曾海边看边想,终于有一天,他在一张店号的商标纸背面,写下了他人生的第一个歌仔戏剧本——《曾阿姆歌》。当天夜里,邵曾海激动地把一起迷歌仔、当苦力的陈承启、吴和贵两位兄弟招呼到家里,拿起妈妈留下的大广弦,用"宜兰哭"的曲调,如泣如诉地唱了起来——

思君一去整七年,也有银批回唐山。
曾厝家中无男丁,可知奴家日熬煎。
…………
花生开花头勾勾,翁姑气苦目滓流。
怎得家官像父母,亲像云开见日头。
…………

那令人肝肠寸断的哭腔,把三个人都唱得泪水涟涟,就连听到歌仔声赶到窗外围观的邻居们,都在心里佩服邵曾海的唱功,欣赏唱词编写的动情,有人还默默地抹起了眼泪。

阿公收拾完档口回到家里的时候,邵曾海正唱到最动情的地方。

同样累了一天的阿公不得清净，听到的又是哭丧一样的歌仔调，一气之下抢过邵曾海手里的大广弦，当着陈承启、吴和贵二人面摔了个稀巴烂，破口大骂："哭什么丧？都半暝了！误人心智的哭丧调，能唱出个什么名堂?！再唱歌仔，滚出去住！"

邵曾海看着阿公，瞪圆了愤怒的眼睛。摔坏大广弦，是摔了他对母亲的思念，是摔碎了他的心。他弯腰捡起破碎的大广弦，像是在捡拾母亲的遗骸，始终没讲一句话，只是默默地收拾好自己简单的几件衣物，和陈承启、吴和贵两位兄弟，离开了统井巷的家。

02

邵曾海带着陈承启、吴和贵两位兄弟叩响明月班门环的时候,已经是半暝午夜了。陈嘉安陪着邵黄梅,刚刚卸装洗漱完毕准备休息,就听见大门外有敲门的声音。那敲门声急促、微弱但又清脆,就如同后台乐师数拍打板的节奏一样,力道把控得极好。

陈嘉安往肩上拉了拉披肩,轻手轻脚地走到大门处,屏住呼吸,小声询问:"外面是哪个在叩门?"

邵曾海听出了女人的烟熏嗓音:"班主夫人,我是邵曾海,邵黄梅的弟弟。您能开门讲话吗?我有急事找我姐姐。"

邵黄梅听到是弟弟的声音,赶忙穿好外套,来到门口。陈嘉安打开门闩,拉开大门,看见门外站着三个十六七岁半大不小的男孩子。站在前面的邵曾海,因为经常来明月班找邵黄梅,看戏听戏,她早就认识。陈嘉安仔细打量着邵曾海身后的那两个孩子,邵曾海赶忙介绍:"哦,班主夫人,这二位是和我一起在码头干活的朋友,这位叫陈承启,这位叫吴和贵,都是歌仔迷。"

"快进来讲话。"陈嘉安把他们让了进去。

"家里出什么事了？阿公病了？爸爸有批来了？"看到弟弟急匆匆地半夜来找她，邵黄梅焦急地问。

邵曾海连着摇了三次头，像泄了气的皮球一样，一屁股瘫坐在石阶上，把身上背着的被摔破的大广弦摘了下来，递给了姐姐。

"你怎么把妈妈的大广弦弄破了?!"邵黄梅生气又心疼。

邵曾海用袖子抹了抹眼泪："阿梅姐，不是我，是阿公。"

"他凭什么？"此前，没有人见过邵黄梅如此发怒。

邵曾海从包袱里拿出了几张店号的商标纸，递给了邵黄梅，说道："看背面，我写的，《曾阿姆歌》，唱丹宅曾阿姆的。"

陈承启说："今晚我们下工后，没吃饭就开始试唱，用的是'宜兰哭'曲调，唱得尽兴，忘了时间，没注意阿公半暝收档回来了。我们以前都是背着阿公学歌仔、唱歌仔的。"

吴和贵接着说："阿公讲我们唱的是哭丧调，抢过阿海手里的大广弦就摔破了。还讲阿海再唱歌仔，就滚出去住！"

陈承启看了一眼陈嘉安，低头说道："其实去我家里，去和贵家里，都可以，可我们都想学歌仔戏，就劝阿海，来这里了。"

邵黄梅看着弟弟写的《曾阿姆歌》，又一次想起了远在丹宅乡下的曾阿姆，在她和阿海的心中，曾阿姆是和妈妈林海榕一样的存在。有社必有庙，无庙社浮摇。有庙必有歌仔，无歌庙快倒。当年妈妈每次半夜三更去庙社唱歌仔，都是把她和弟弟托付给曾阿姆照看，他们姐弟俩，都吃过曾阿姆的奶水。就连眼前这个被摔破的大广弦，都是曾阿姆送给妈妈的。邵黄梅怎么也想不明白，阿公为什么这样恨他们的妈妈，为什么这样恨那么多人都喜欢的歌仔戏。

陈嘉安从邵黄梅手中拿过邵曾海写的《曾阿姆歌》，饶有兴致地看了起来。邵黄梅拾起摔破的大广弦,跟弟弟说:"明天我去找乐器师傅。放心,乐器到他们的手里都能修好,音调都不会差的。"

陈嘉安反反复复看了几遍邵曾海写的《曾阿姆歌》,点燃一支香烟,吸了一口,略加思考后对邵曾海说:"你的唱词里,对闽南方言、俗语的熟练运用,是让观众能懂、喜欢的关键所在;对闽南语音的声律把握,更有可取之处。毕竟,你就是在这样的语言环境中长大的。"

陈嘉安看看邵黄梅,接着说:"歌仔戏走到了现在,脱离了幕表戏的表演形式,形成了定幕戏的演出样态,确实需要一支功力深厚的编创力量,为歌仔戏提供扎实的演出文本。我看你弟弟邵曾海有这方面的潜质,留下来吧,先写写看。"

邵黄梅激动地对弟弟说:"阿海,还不赶快谢谢班主夫人!不对,这是我娘,你是我弟弟,应该跟我一样,也叫娘吧。"

陈嘉安摆摆手,阻止了邵曾海的行礼致谢,认真地说道:"阿海,我总在思考这样一个问题,一部真正好的歌仔戏,除了必须有的戏剧结构和形式,还应该具备三点,一是讲述一个好听的故事,二是展现一方独特的文化,三是传递一种民族的精神。当然,后面两点一定要巧妙地融在第一点里,并且踏雪无痕。你,能做到吗?"

邵曾海瞬间看到了写歌仔戏的方向,眼中尽是陈嘉安烟头的红光。陈嘉安深深吸了一口香烟,看了看夜空:"我们现在唱的歌仔戏,有古代的故事,有从其他剧种那里改编过来的故事,基本是帝王将相、民间传说、劝善祈福、神话故事之类的。什么时候能有一部真正写闽南人的大戏,就好了。写他们以海为生,向海图存,冒死出洋,商贸番货,信念所在,民不畏死。永远坚信'爱拼才会赢'的闽南人，祖祖辈辈上演了一幕幕以命相搏的悲壮史诗。宋元以降，明清至今，从开台第一人颜思齐，到收复台湾的延平王郑成功，纵观古今，凡是取消海禁、台海畅通之时，皆是两岸商贸繁荣、社稷安泰、人民乐业之所在。和平、统一，是普天下华夏儿女世世代代的祈盼。"

听完陈嘉安的话语，邵曾海、邵黄梅、陈承启、吴和贵他们，竟然激动地鼓起掌来，掌声在夜色下显得格外响亮。

陈嘉安"嘘"了一声，示意不要打扰戏班的其他人休息："今天太晚了，阿梅你给他们弄些吃的，好像还有一些沙茶面，你们吃完赶快休息，明天下午，让班主和教戏师傅听听你们的嗓子，你们二位能否留下，要听班主和教戏师傅的！哦，对了，即使能留下来，学戏期间，只管三餐和住宿，是没有薪水和赏封的。邵曾海也一样。"

能留下来学戏，就是邵曾海他们三个梦寐以求的了，不向他们要学费就行，还要什么薪水和赏封。小哥仨接过邵黄梅端过来的沙茶面，狼吞虎咽起来。干了一天的苦力，晚上还没吃饭，他们真是饿极了，边吃边议论着明天下午班主和教戏师傅考试的事。

说是班主和教戏师傅两个人来考试，其实是一个人，班主就是教戏师傅，教戏师傅就是班主，就是陈嘉安的老公黄炎祖。考试的内容，就是让学员学唱一段歌仔戏，听听他们有没有嗓子，嗓子究竟能有多高。考试的时候，黄炎祖坐在正中间，陈嘉安和邵黄梅等几个戏班里的名角，分坐在两旁。黄炎祖呷了一口茶，抬头看着面前站着的三个年轻人，清了清嗓子说："下面我唱《山伯英台》里的一段，你们要听仔细，然后每人单独来学唱一遍，我们来听。"

黄炎祖拿起大广弦,自拉自唱起来——

要讨六月厝顶霜,要讨十月白杨梅。
要讨山中凤凰蛋,要讨蚊肝苍蝇肠。
要讨金鸡头上髓,要讨仙屎去煎茶。
…………

黄炎祖演唱的是歌仔戏《山伯英台》中"山伯讨药"唱段,讲的是梁山伯回家后思念祝英台,病倒在床,写批让鹦鹉为其送信,向祝英台讨医治相思的药的情节。这段戏,邵曾海倒背如流,烂熟于心,他在听黄炎祖示唱的时候,耳朵没怎么用功,眼睛却从口型到表情,从拉弦的手到所拉的弦,一个细节都没放过。最后,邵曾海把目光停留在了大广弦上,直到黄炎祖让他学唱时,才缓过神来。

黄炎祖拉的,就是妈妈留下的大广弦,就是昨晚摔破的大广弦。怎么,难道黄班主就是乐器师傅?还有修乐器的手艺?一上午就把大广弦修好了?而且修得一个音调都不差。邵曾海暗自惊喜,在心中深深敬佩黄班主的唱功、才艺和修为,感谢他修好了大广弦。

邵曾海听到黄炎祖叫他第一个学唱,激动地说:"黄班主,我可以用您手上的大广弦,自拉自唱吗?"

"没问题!"黄炎祖站起身,用双手把大广弦递给了邵曾海。

邵曾海的双手颤抖着,接过大广弦后,扑通一声给黄炎祖跪了下去:"谢谢黄班主!不管您收不收我这个徒弟,我都要谢谢您。谢谢您对我母亲和姐姐的关照!谢谢您给我修好了这把大广弦!这把大广弦,是母亲留给我们姐弟俩唯一的信物……"说着,邵曾海抱着大广弦失声痛哭。在哭声中，邵曾海起弦定调，唱了起来。

邵曾海和邵黄梅一样，都遗传了妈妈林海榕的嗓子和唱功，一段悲切缠绵的"山伯讨药"，唱哭了在场的所有人。人们在邵曾海的演唱里，想起了埋骨台湾的一代歌仔仙林海榕，想起了漂泊在南洋吕宋的蔡忿水仙班，想起了多少年骨肉离散的心底伤痛，一股思亲的愁绪，搅动着百结于心的柔肠，久久不能平静。

邵曾海和陈承启、吴和贵都被明月班留下了，因为他们的嗓子和唱功，也因为歌仔戏火遍城乡市集的演出需求。

在20世纪30年代的闽南和台湾，歌仔戏因为其改革和创新的剧目，令各个阶层的观众耳目一新，所以受到了普遍的欢迎，进而演出的形式也因观众的需求，呈现千变万化的样态。

有的歌仔班像明月班一样，在城市和村镇设立自己的歌仔馆。他们因为演出的场所固定，演出的剧目经常更新，还有科班的歌仔仙、大腕领衔出演，所以演出效果、收入都相当可观。

有的歌仔班是邻里亲友参与组成的子弟班，只是逢年过节时，在当地村社或街巷组织歌仔阵、车鼓阵进行踩街演出，既愉神敬祖，同时也渲染节庆气氛，娱乐乡邻，自娱自乐。

有的是走江湖卖膏药、卖大力丸的民间艺人，他们不会舞枪弄棒，于是只好拉拉大广弦，唱几曲歌仔，用来招揽观众，并把观众变成自己的顾客。因为演唱的优劣直接涉及观众的多寡、生意的好坏，所以这些歌仔艺人，也都十分在意提高自己的演唱水准。

有的是手持月琴的走唱艺人，他们大多是算命的盲人，由一个小女孩引路，沿街而行。他们在月琴上悬挂一些小竹片，上面刻着只有自己可以识别的记号，顾客摸到什么，他们就演唱什么，"留伞""孟姜女送寒衣"等,都是先唱后讲,演唱完毕才慢慢解释,告诉你这是什么运气,什么命相,应该注意什么。

还有一种就是手拿"打磅筒"沿街乞讨的乞丐,他们有的成群结队,有的孤身一人,从一个商号到下一个铺面档口,尤其是办喜事的场所,唱一些太平歌、劝善歌之类的歌仔,知趣的老板、主家听到唱完,都会赶紧布施,给些小钱儿。

邵曾海投师的明月班,当然属于第一种。这个明月班,早年就成立在厦门,因为去过台湾,有懂戏善经营的黄炎祖掌舵,有会改戏编戏的陈嘉安执笔,有歌仔仙林海榕、邵黄梅母女挑台,还有一班才艺兼备的艺人助阵,所以在海峡两岸,都是响当当的名班。

入班拜师祭戏神的仪式结束后,邵曾海用绒布袋轻轻把大广弦装好,亲手交给了姐姐邵黄梅。

邵黄梅抱着妈妈留下的大广弦,遥望海峡,泪如雨下。

03

在随后的几年时间里,明月班歌仔馆几乎场场爆满。一部《山伯英台》,台上,梁山伯与祝英台爱得缠绵悱恻,爱得纯真绝响;台下,歌仔迷们看得泪湿青衫,看得如痴如狂。

【旦】杭州才返越州城,暝日思哥无心情,
阮(我)身好比白鹤子,飞去武州找梁兄,
飞去找梁兄……

【生】越州探返武州门,风吹杨柳心头酸,
满怀热望祝家去,换来一病空回返。
想当初,杨柳树下同结拜,
到如今,柳丝牵惹离情长……

新编歌仔戏《山伯英台》,因为被陈嘉安融进了畲歌耷舞等闽南民间艺术元素,经过黄炎祖的导演处理,一经在明月班推出,就火遍了整个鹭岛。戏剧是一门实践的艺术，好的剧目都是在成百上千次地上演，和观众长时间地互动，再经过修改打磨和名角增色之后，才成为经典名剧的。歌仔戏《山伯英台》的火爆，却不是因为名角的增色，相反，是这部好戏成就了闽南歌仔戏的两个名角。

邵黄梅和邵曾海姐弟俩联袂出演的祝英台和梁山伯，一开始还略显生涩，但经过一段时间的演出实践和相互磨合之后，唱腔、演技皆日臻纯熟，渐入佳境，最后达到了炉火纯青的境地，受到歌仔迷们疯狂追捧。一旦一生，一个娇美缠绵，一个英俊多情，两个被全新演绎的舞台形象，终于把姐弟俩锤炼成歌仔戏的名角。

正如明月班编剧陈嘉安曾经说过的那样："唱什么戏都有人看，但戏的内容，却会把观众分成不同的人群。"已经向定幕戏成功转型的歌仔戏，由于演出场地是在固定的歌仔馆，需要买票进场观看，所以观众群基本锁定在权贵富豪、文人雅士之类的所谓上流人群，码头苦力、贩夫走卒等下层人群，基本被拒之门外。

陈嘉安清醒地知道，这样的观众分流，绝不是因为歌仔戏的演出内容划定的，而是由目前的演出形式决定的。所以，当厦门及厦门近郊、海澄、龙海、同安等地的歌仔班、子弟班，络绎不绝地来明月班请教戏师傅的时候，陈嘉安和黄炎祖爽快地把陈承启、吴和贵两位徒弟派了出去。他们，要让新的歌仔戏在闽南开枝散叶。

出去做教戏师傅，是被奉为上宾的，不但包三餐管住宿，每月还有一二十元的薪俸。这对于几年来分文未赚的徒弟来说，既有了身份地位，又有了收入来源，简直就是天大的喜讯。陈承启、吴和贵收拾好行李，叩头谢过黄炎祖和陈嘉安，依依别过邵黄梅和邵曾海，满心欢喜地跟着来请师傅的人走了，头都没回一下。

看着陈承启远去的背影，邵黄梅的心里一阵凄惶。邵曾海望望陈承启，转头又看看姐姐，在心里暗自骂道："陈承启，你就是个番仔愚！"没错，陈承启就是个番仔愚。陈承启小邵黄梅三岁，长邵曾海一岁，对于一个二十五岁的姑娘来说，要不是常年演戏，被戏迷们封为"歌仔皇后"，早就该嫁作人妇、生儿育女了；可对于一个二十岁刚出头的小伙子而言，没人指点，基本就是个青瓜蛋子。大部分的男孩子成熟都比较晚，何况陈承启还比邵黄梅小三岁，他除了痴迷歌仔，其余的方面天生愚钝，从来就没看出邵黄梅对他的爱意。

邵曾海看出了姐姐的心事，邵黄梅也看出了弟弟的意愿。

邵曾海说："姐，要不然我把陈承启换回来？我出去教戏，让他跟你演《山伯英台》，他演梁山伯，扮相要比我好得多。"

邵黄梅笑了笑："阿海，出去教戏是有钱赚的。你和承启换，你赚的钱可要全给他喽，要不然，人家可不会同意的。学戏这些年了，哪个不想有钱赚，扬名立万，成家立业呢！"

邵曾海听姐姐说完，真的有些犹豫了，可是为了姐姐能和她暗恋的陈承启在一起，他看着姐姐，认真地说："讲真，我把我赚的钱全部给陈承启，让他回来，与你演《山伯英台》。"

邵黄梅明白弟弟的心思，也看出了他的诚意，她跟弟弟说："你把承启换回来，你自己赚的钱自己留着，给他的钱，姐姐替你出。"

邵曾海说："咋能让你出钱？你出嫁时是要办嫁妆的。"

邵黄梅说："姐这些年赚了点钱，原本就是留着准备给你讨老婆用的。你都二十一了，早该成家了，有合适的，姐姐帮你寻一门亲事。山美水美不如人美，衫美脸美不如心肝美。我的弟媳不一定非要生得水当当，但一定要贤淑善良，通情理。要能够没钱时过没钱的日子，有钱时过平常的日子。八市上那些七七八八的女人，就算了。"

邵曾海有些着急："姐，那你自己哪？"

邵黄梅看着弟弟，痴痴地一笑说："我的愚弟弟，我若是嫁给了陈承启，他的钱，不就是我的钱了吗？"

邵曾海一点都不愚："不对不对。你的钱是回来了，可你人没了。不是不是，我讲错了，不是人没了，是我搭进去一个姐姐。"

邵黄梅笑出了眼泪，赶忙去擦："说你愚你还不承认。哪个女人不出嫁啊？看把你急的。我俩现在最要紧的，是跟你的师父师母、我的义父义母，把这件事情说清楚，讨个他们的意见。"

黄炎祖和陈嘉安听邵黄梅和邵曾海姐弟俩讲完想法，一个哈哈大笑，一个慈祥可亲，他们相视了一下，黄炎祖说："说心里话，这几年歌仔戏确实挺卖座的，我们明月班也赚了一些钱，但是给陈承启、吴和贵你们三个一起发薪水，确实也是一笔不小的支出。虽然当初拜师入班时已经讲好，只管食宿，没有薪俸，但是我们赚钱了，给你们发一点，也是人之常情。毕竟你们也都成年了。"

陈嘉安接着说："本来我和你师父是这样商量的，让陈承启和吴和贵出去到乡下教戏，既让他俩有了收入，也能传传明月班歌仔戏的名号。剩下阿海一个人了，我们是要发给薪俸的。你们刚才这么一讲，那就让阿海出去教戏，自己赚钱，把承启换回来，薪俸照发。"

邵曾海和邵黄梅瞪大了眼睛，简直不敢相信自己的耳朵。

黄炎祖慈爱地看着邵黄梅："我女儿的眼光不错。承启的心里除了歌仔戏，没有任何七七八八的事，特别干净，是个踏实的人。他的唱功虽然比不上阿海，但是扮相俊朗得很，肯定也有戏迷缘。"

陈嘉安搂过邵黄梅："真是妈妈的愚困，我和你义父收养你，能不给宝贝阿梅准备嫁妆吗？歌仔皇后的嫁妆，要比别人好很多的。"

邵黄梅面若桃花，给义父义母叩头致谢。

邵曾海在龙海的一个歌仔子弟班找到陈承启的时候，陈承启正拿着一张纸在念四句："昨暝梦见死，今朝必有喜，东边人送银，西边人送米。"念四句，是当地的一个习俗，夜里做了噩梦，清早起来要把上面四句话写在一张纸上，念过几遍之后，就贴在茅厕里，有来茅厕的人看到上面有字，都要念一念的，这样就能"过运"。

邵曾海看着陈承启从茅厕出来："这回你真的过运喽！西边有没有人来送米我不知道，但是我这个东边来的，肯定是来给你送银的。"邵曾海把来意跟陈承启讲了一遍，听得陈承启如范进中举一般，差点儿没跪下给邵曾海磕几个响头。天上还能掉下这么好的事儿？既能有钱赚，又能回戏班，还是和歌仔皇后邵黄梅同台演出《山伯英台》。陈承启高兴得一时间说不出话来。

邵曾海叮嘱陈承启："回到明月班，一定要好好练练嗓子，巧练，苦练，一直练到声震四座。要不然，一旦被台下的人看出了门道，立马就露出了破败相。再有扮相，技不惊人也是枉然。"

邵曾海说得没错，任何一个艺术门类，尤其是传统艺术，戏曲、舞蹈、书法等，如果没有持之以恒的"日课"磨炼，都会很快成为被"打回原形"的"养不家"者。滚石上山，困兽犹斗，是真正艺术家的生命常态。真正的艺术，特别是在众人瞩目的舞台上，是造不了假的。没有漫长的日积月累，就没有精粹到极致的艺术。艺术，必须追求完美；艺术家，一定是完美主义者。

黄炎祖就曾正告过他们，要想有点出息，要想成为站在舞台中央的主角，哪怕是用一生的"人后遭罪"，只换来一折"人前显贵"的过硬戏，都要经年累月地长在练功房里，用千遍万遍单调枯燥的重复，换得那一段腔、一出戏的收放自如，拿捏得当，塑造精准。

陈承启收拾行装："知道知道。你的壳仔弦、月琴，尤其是台湾笛，也都要好好练练，单会大广弦肯定不行。这里的乐师，以前都是给南音、高甲戏做文场的，个个都是高手，都精通大广弦，他们想学的，是壳仔弦、月琴，尤其是台湾笛。"

陈承启说的壳仔弦、大广弦、月琴和台湾笛，是歌仔戏里的乐器四大件。这四大件中，邵曾海除了精通大广弦，其他三样都相对弱点儿。如果说陈承启是学艺不精，那么邵曾海则是严重偏科。

邵曾海点点头，然后神神秘秘地跟陈承启说："以后在明月班，也别一门心思唱戏，想想自己的事，留心观察周围人的言谈举止，别像个番仔愚似的，把好事情给错过了。"

陈承启被邵曾海说得摸不着头脑，眨着眼睛看着邵曾海："你讲什么？还有好事儿啊？暗示一下喽。"

邵曾海拍了拍陈承启的肩膀："赶紧上路吧，姐夫！"

陈承启恍然大悟后，白面书生瞬间变成了红脸关公。

两岸和风榕树绿，一家喜雨角梅红。陈承启别过邵曾海，越岭过海，山一程，水一程，直返厦门明月班。

歌仔戏《山伯英台》因更换男主角一事，再一次轰动了鹭岛。如同邵黄梅迷倒一众男歌仔迷，被封为"歌仔皇后"一样，陈承启赛过潘安的扮相，一亮相就引来了台下的一片尖叫声，同样迷倒了一众女歌仔迷。只有常在歌仔馆泡着的懂行的老戏迷，方能听出陈承启的唱腔要比邵曾海逊色几分，至于年轻的富家千金、迷姐迷妹，光看陈承启的扮相就早已被弄得五迷三道，根本不顾唱腔如何了。一位官府里的千金与一位富豪家的小姐，同时迷上了陈承启，还分别成立了"承迷团"和"启迷团"，各自聚集二十几个人，每场必到，献花捧角，互相攀比，互不相让。一次，因为一点摩擦，双方竟然从对骂升级到肢体冲突，在台下互撕起来，演出被迫中断。

与陈承启的大火截然相反，邵曾海的初次教戏生涯，出人意料地遇冷。一切正如陈承启所讲的那样，从前在明月班，后台都是文场高手，各种乐器，默契配合，水乳交融，浑然一体，托显得唱腔愈加优美出色，韵味悠长。但到了龙海，特别是乡村的子弟班，乐师们基本是从南音、高甲戏转行过来的，与邵曾海的大广弦搭配不到一起，加之他们都想学学台湾笛等新式乐器，而这邵曾海又不太在行。

闽南乡下村社里的戏班，小梨园有人看就学唱小梨园，高甲戏受欢迎就学唱高甲戏，基本是什么流行就学唱什么。因为是由村社里的年轻人自愿组合，所以叫子弟班。学戏的年轻人来去自由，去留全凭教戏师傅是否有吸引力，唱腔好歹倒在其次。一群年轻人看着和自己同样大小的邵曾海，也不是什么老师傅，而且还和琴师们配合不到一起，渐渐就都不来学戏了。

村社里主事的人看到这种情况，也一点一点地对邵曾海冷淡了。邵曾海是个看得出眉眼高低的人，教戏不到三个月，就辞别了这个子弟班，一个人孤独地走上了回厦门的路。

一时失志不免怨叹，一时落魄不免胆寒。哪怕失去希望，每日醉茫茫,无魂有体亲像稻草人。人生可比是海上的波浪,有时起,有时落。好运,歹运,总嘛要照起工来行,三分天注定,七分靠打拼,爱拼才会赢……

多年之后的一首闽南语歌曲,唱的恰似邵曾海此刻的心情。

从龙海回厦门,可以经过浮宫镇的丹宅社,情绪一落千丈的邵曾海,要回丹宅看看,看看他十六年来都没有再见过的曾阿姆。人在受挫折、委屈时,第一个想到的,就是母亲的怀抱。只有在母亲的怀抱里,受伤的孩子才能无所顾忌地号啕大哭,才能不被嫌弃地舔舐伤口。对于邵曾海来说,父母的曾嫂,他的曾阿姆,就是母亲。

他要向曾阿姆诉说这十六年来发生的一切,母亲埋骨台湾,父亲远走他乡,姐姐已成名角,自己艺不通达……

04

望见丹宅社村口的那棵古榕树，就算到了丹宅的地界了。

闽南的榕树，村庄城镇，溪畔海边，遍野生长，是闽南人思乡的情感寄托。"榕为大木，犹荫十亩。绿荫满城，暑不张盖。水湛湛而澄澈，林蔚蔚而葱茏。在一邑则荫一邑，在一郡则荫一郡，在天下则荫天下。"这是闽南人对家乡古榕树的描述和赞颂。

街上卖石花的曾阿婆几年前作古了，曾记古早味冷食摊传到了后人的手中，石花的味道已大不如从前。邵曾海的心头更加悔恨，曾石花、歌仔戏，难道祖辈们留下的这些好东西，都要毁在我们这些儿孙手里，非但不能发扬光大，反而面临失传的危险？

古榕无语，身边却传来叫卖杨梅的小调儿——

新梅卡水旦，卜买就来看。
真甜真便宜，一斤五占钱。
卜食紧来买，毋买等明年……

邵曾海循声看过去,是一位十六七岁的小姑娘,背着一篓新摘的杨梅,正笑吟吟地看着自己这个貌似外乡的人。

邵曾海说:"阿妹,你叫卖的小调儿真好听,再唱一次吧。"

小姑娘说:"你买杨梅,我就再唱。"

邵曾海翻遍全身,就摸出几个钱,递给小姑娘,说:"我就这几个钱,给不给杨梅都行,只要你再唱一次就好。"

小姑娘接过钱,从肩上摘下背篓,捧了一捧杨梅递给邵曾海:"哪个白拿你的钱?!"说完又捧了一捧杨梅给邵曾海,"杨梅要收钱,唱几句小调儿,张嘴就来,不值钱的。"

邵曾海接过杨梅:"张嘴就来的,不值钱?!"

小姑娘看着邵曾海肩上的大广弦:"你是唱歌仔的?"

邵曾海有点儿生气了:"对喽!不值钱的。"

小姑娘有些骄傲地说:"听说过海榕仙吗?她唱的歌仔才值钱。娘说她从前就住在我们家,后来去了厦门唱歌仔,再后来又过台湾去传戏。海榕仙才是真正唱歌仔的。值钱的哟!"

邵曾海惊奇地看着小姑娘:"海榕仙是我娘。"

小姑娘瞪大眼睛:"你吹牛!"

"不信,你带我去你家里,咱们问问你娘。"邵曾海万万没想到,刚进丹宅就遇到了曾阿姆的女儿。

"问就问。如果是你吹牛,就去帮我摘杨梅,全摘完才能走。"小姑娘说完,背上背篓就走在了前面。

邵曾海紧随小姑娘:"你边走边唱吧。"

小姑娘头都不回:"问过我娘,海榕仙是你娘,我就唱。"

邵曾海说:"那你叫什么名字,可以告诉我吧?"

小姑娘说:"你先说,你叫什么?我才告诉你。"

"我叫邵曾海。"

"我叫曾垵惠。"

…………

卧病在床的曾阿姆听完邵曾海的讲述,眼泪一下子就流了出来。她起身接过大广弦,双手颤抖地抚摸着:"没错,是那把大广弦。十六年了,我的阿海,都长大成人了。"曾阿姆告诉曾垵惠,"阿惠,这就是我常给你说起的阿海哥,海榕仙的儿子。"

曾垵惠问邵曾海:"真的没有人请你去教戏了?"

邵曾海羞愧地点点头:"我不配做海榕仙的儿子,给我娘丢脸。娘在台湾地下有知,不知得气成什么样子。"

曾阿姆看着邵曾海:"阿海,如果你真的想一辈子唱歌仔戏,那就得不管遇到什么样的事情,都要咬牙拼到底。不是为了赚钱才去学艺,而是艺学精了,才能赚到钱,也就自然能养家糊口。你看看杨梅、龙眼、荔枝、芭蕉,它们都不是在一个季节开花的,也就不在一个季节结果。凡事都不可着急,上天自有它的安排。人也和它们一样,生命的绽放,只有花期的不同,没有不结的硕果。"

邵曾海坚定地点点头。正是杨梅采收的季节,看到生病的曾阿姆、劳累的阿惠,邵曾海决定暂时留在丹宅的曾家。

那天傍晚,在丹宅溪边的大榕树下,曾垵惠喊上社里会歌仔、小调的姐妹,唱了一首接一首。邵曾海拉着大广弦,记着曲谱,一直到很晚才散。看着兴奋激动的阿海哥,阿惠的心中像流淌的溪水一样,第一次荡漾起了美好的涟漪。

年轻人的精力就是旺盛,在接下来的日子里,邵曾海白天和曾埭惠采收杨梅，晚上走村串社，哪里有演出就去哪里。闹阵头的蜈蚣阁、白菜担、公背婆、宋江阵，讲古场的施公案、水鸡记、王六哥、愚子婿，野台班的布袋戏、打城戏、高甲戏、梨园戏……邵曾海沉浸在漳州民间艺术的海洋，一路边看边记。他在千姿百态的阵头舞蹈中，看到了闽南人在生计重压下的敬畏和豪放；他在滔滔不绝的古故事里，听到了闽南话在讲古仙口中的趣味和雅致；他在色彩缤纷的戏曲唱段内，汲取了闽南戏在各个曲种里的韵调和旋律。

那一天，在邻社看答嘴鼓演出，邵曾海被两个业余答嘴鼓艺人的表演深深吸引，闽南的民间方言、俚语，在他们的口中是如此的妙趣横生、引人入胜。答嘴鼓是民间的一种曲艺形式，两个人在台上，用风趣押韵的语言，互相斗嘴，讲述故事。这种民间流行的演出形式，通常是在村头的榕树下、祠堂的廊庑里，劳累一天的乡亲们摆上板凳和茶摊，听村里的艺人海阔天空地斗嘴闲侃，讲古说今。邵曾海在答嘴鼓的表演里感受到了闽南父老乡亲的机智和妙趣，戏谑和轻松，达观和欢乐，这才是藏着人间烟火气的味道啊！

不知不觉中，身旁的曾埭惠轻轻地睡着了，正依偎在他的身边。看着劳累一天还陪着自己的曾埭惠，邵曾海的心中泛起了一阵阵的愧意和爱怜。他默默地脱下外衣，披在了她的身上，温柔地把她抱在了怀中，不忍心打断她甜甜的好梦。

答嘴鼓散场了，海风习习，夜已渐凉。邵曾海就这样把熟睡的曾埭惠抱在怀中，不知怎么，他突然感觉到，他愿意一辈子就这样抱着她，看着她娇憨地睡着，永远不分开，他愿意。

就这样过了许久许久，邵曾海笔记本掉在地上的声音，扰醒了曾埭惠的梦境。她安静地睁开那双大大的眼睛，睫毛扇动着，一脸娇羞地看着抱着自己的邵曾海："阿海哥，我睡着了？"

"你太累了。"邵曾海看着醒来的曾垵惠。

曾垵惠仿佛不愿意从邵曾海的怀抱里坐起来，她感觉身上好冷，双臂紧紧地抱着邵曾海，埋下头，悄声问他："阿海哥，你给我娶嫂子了吗？"她怕他有肯定的回答。

"做戏头，乞丐尾。何况我还是一个没人请教戏的落魄戏子，是没有人会嫁给我，给你做嫂子的。"

"阿海哥，除了歌仔戏，是不是就没有什么可让你着迷的喽？"

邵曾海紧紧地抱了抱曾垵惠，未置可否。

曾垵惠也紧紧地抱着邵曾海，想着心事。

终于，曾垵惠抬起头，看着邵曾海的脸："阿海哥，你要不嫌弃阿惠，我等着，你娶我。"说完从邵曾海的怀抱里坐起身，拾起掉在地上的笔记本，低头摆弄着。

"阿惠，我身无分文，拿什么娶你？"邵曾海满脸通红。

"有钱又怎样？我阿爸在南洋赚钱了，除了寄回银批，起了大厝，就再也没回来，还在吕宋讨了番婆。"曾垵惠说着说着，哭了。

对于男人来说，看一个女人是好是歹，其实很简单，就看她是在男人落魄时跟了你，还是在男人发达时缠上你。邵曾海想起了师母陈嘉安说过的话。他拉着她站起身，又把在夜风中瑟瑟发抖的曾垵惠抱在怀里："阿惠，等我唱歌仔赚了钱，就回来娶你。"

曾垵惠把脸贴在邵曾海的胸膛上："没赚到钱，也回来娶我。我们一起栽果、采茶、种稻，过安稳的日子。"

夜幕下的海风，轻柔了许多。邵曾海和曾垵惠就这样相拥而立，两颗年轻的心紧紧地贴在一起，互相感受着对方剧烈的心跳。直到东海的上空露出鱼肚白的时候，二人才发觉天快亮了。他们甜甜地相视一笑，连饭都没顾上回家去吃，就去摘杨梅了。

两个孩子一夜未归，急坏了躺在床上的曾阿姆，她天亮后打发人去寻，得到的回音是"阿惠和阿海在山上摘杨梅"。曾阿姆拖着病体赶忙起身做饭，又央求那人帮忙把饭送到山上去。那人接过装着两碗沙茶面的竹篮，笑着说："曾阿姆，招阿海入赘做您的上门女婿吧！家里没个男人，日子不得过啊！阿惠和阿海挺说得来的。"

曾阿姆说："阿海的心思，全在歌仔戏里。"

那人回头说道："这事，你当长辈的得帮着张罗。"

当天夜晚，吃过晚饭，阿惠、阿海正要各自回房休息，曾阿姆把他们叫住了："你俩都坐下，我有事要讲。"

经过这些天的察言观色，曾阿姆这个做长辈的不糊涂，也早已看出了两个孩子互相有意，她觉得是要跟他们把话说开了。

曾阿姆看着困乏得不行的两个孩子，柔声细语地说："阿海从出生到五岁让他爸爸接走前，一直在我身边，是我一手带大的，虽然这些年跟着阿公卖鱼货，做码头小工，后来又学歌仔戏，可是我知道阿海的心里有慈悲，秉性善良。阿惠正像阿海娘给取名字时讲的那样，就像在小土坑里捡回来的囡仔一样，朴实，温良，贤惠。这几天我也看得出，你俩形影不离，很处得来。如果都有意思，那我就给你们做主，把终身大事定下来。你俩不用现在就应了我，干一天活了，都挺累的，先回房休息，各自都细细想想，想好了再跟我讲。"

听曾阿姆说完，曾坯惠和邵曾海都没走，他们羞红着脸，互相偷看了一眼，又都低下了头。

邵曾海低着头说:"谢谢曾阿姆的美意。我愿意护着阿惠,过一辈子。可是,我现在只是个唱歌仔的戏子,脚下无寸土,头顶无片瓦,身上无分文,拿啥娶阿惠?怕是要苦了阿惠一辈子。"

曾阿姆说:"这个我知道。你娘海榕仙就是唱歌仔的。你要真心想接过你娘的大广弦,一辈子唱歌仔,也是子承母业的大事,阿姆支持。娶亲聘礼的钱,不要你出。你也看到了,这么大的一落大厝,就我们母女两人,你可以入赘进来。"

听到"入赘"二字,邵曾海感到有些羞愧,他看了看身边心爱的阿惠,想了想自己目前的处境,只好默默地点头答应:"曾阿姆,娶阿惠我是真心的,就是入赘,我也可以的。只不过请阿姆等我两年,我要赚一笔聘礼的钱,才能对得起阿惠对我的一片真心。"

曾阿姆笑着说:"只要你真心喜欢阿惠,同意这门亲事,等不等你两年,你自己和阿惠商量,我没的讲。咱们这里的女人,盼归期,等自己的男人,哪个一辈子没经历过。有的等回来了,有的等得头发都白了,也没等回来。你这才要等两年,不做算的。"曾阿姆说着说着,有些伤感,不自觉地捋了捋垂下的一缕白发。

始终低着头没说话的曾垵惠,此刻终于抬起头:"阿海哥,你去吧,我等你。莫说两年,只要你不变心,我等你一辈子。"

收完杨梅之后,邵曾海依依不舍地告别曾垵惠,踏上了回厦门的路途。临上船时,邵曾海把娘留下的那把被摔破又修好的大广弦,递给了曾垵惠,郑重地说:"我来取弦之日,就是娶你之时。"

曾垵惠抱着大广弦:"阿海哥,我一定给你收好。"

05

回到明月班后的两年时间里,邵曾海谢绝了一切登台演出的机会,在幕后专心向乐师们学艺,把壳仔弦、月琴、台湾笛演奏得炉火纯青,出神入化。在这期间,他还用采风收集来的闽南方言、民间俚语,把其他剧种里的《李妙蕙》,就是明朝宪宗成化年间,扬州才女李妙蕙忠贞贤德的故事,改编成了歌仔戏剧本《李妙蕙》。

陈嘉安看过剧本,当即就找黄炎祖商量,这么好的剧本,应该抓紧时间排练,尽早出演,与歌仔迷们见面。黄炎祖研读完剧本,招呼邵黄梅、陈承启、邵曾海三人分配角色,邵黄梅出演扬州才女李妙蕙,陈承启出演同乡举人卢梦仙,邵曾海出演临川盐商谢启。

【李妙蕙】一自当年拆凤凰,至今消息两茫茫。
　　　　　盖棺不做横金妇,入地还从折桂郎。
　　　　　彭泽晓烟归宿梦,蒲湘夜雨断愁肠。
　　　　　新诗写向金山寺,高挂云帆过豫章。

邵黄梅不愧歌仔戏皇后的名号，新戏一公演，她的李妙蕙就艳惊四座，尤其是那段邵曾海试写的新曲调，虽然不知叫什么名字，但优美的旋律不仅让观众着迷，也让同行钦佩不已，竞相模仿。

【李妙蕙】戴孝衫穿内面，红裙红袄穿外重，
　　　　　花不插，粉不用，莫作侥心负义人。
　　　　　任他瘟魔金钱神，莲花种在土泥不染尘。
　　　　　宝玉打破有人惜，厝瓦打破无人可怜。
　　　　　愿在时代热炉，炼就足赤乌金。
　　　　　双膝跪，公面前，袄晓早暗尽孝心，
　　　　　巨轮转，风浪紧，破船失舵任浮沉。
　　　　　望公公玉体自爱，保重金身，
　　　　　祈求天公相怜悯，玉体永康宁，
　　　　　山穷兮水尽，玉碎兮珠沉，
　　　　　精卫空衔填海恨，此世未报后来人。

重返舞台的邵曾海，厚积薄发，更是凭着韵味优美的唱腔，把盐商谢启的形象刻画得深入骨髓，形神兼备。

【谢启】你不是，你不该，自从娶你过门来，说你前夫情如海，你要吊死给我埋。实无奈，认你做兄妹，与你同结拜，又准你安你夫的神牌。你暝嚷日嚷，原来老鼠哭猫假悲哀，嫌我人才歹，当作我是银牛痴呆，热着梦仙好才，透半暝无人知与他相亲相会相意爱，将我名声败坏。请你别处去，无用住治我

店内,就叫伙计近前来,将这只死猴捉起来倒头埋,若有天大的代志我担待,由你去安排。

明月班的歌仔戏,在鹭岛一火再火。树愈大,愈招风。台上的陈承启、邵黄梅,一对让人看着都眼热、嫉妒的金童玉女,如果说官府千金和富豪小姐的"承迷团"和"启迷团"只是玩玩,根本没有嫁给陈承启的意思,那么天天来给邵黄梅镇场子、送鲜花、送礼物的市党部官员郑思明,对眼前这个名噪鹭岛的歌仔戏皇后,是玩真的了。

那一段时间,郑思明以关怀台湾歌仔戏在厦门发展为名,几乎天天来明月班探班。他先是利用在市里分管文化教育的职权之便,吩咐厦门的《江声日报》《厦门时报》等报刊,免费给明月班的各个剧目、各场演出刊登整版广告,指派记者拍照采访邵黄梅,《台湾歌仔仙林海榕的绝世传人——邵黄梅》《一代歌仔戏皇后——邵黄梅》……持续报道了几个月之久。

那时候,歌仔戏从台湾传回厦门并风靡整个鹭岛及其周边地区,如同一场突如其来的海上风暴一般,速度之快,波澜之巨,一霎就掀起了两种截然不同的反响和声浪。一方面,普通市民、草根之众被来自台湾的歌仔戏吸引得如痴如醉,无论是城镇里的歌仔馆,还是村社旁的草台班,哪里有歌仔戏演出,哪里就人潮汹涌,观者如堵。另一方面,所谓的文人雅士、上流阶层,特别是其他被争夺了观众的剧种,则叼住歌仔戏里的部分唱词曲调、神态动作,大骂歌仔戏是海淫海盗的俗物,如不禁演,必将贻害社会,后患无穷。

这些反响和声浪,作为市里分管文化教育的官员,郑思明的心里当然是一清二楚的。郑思明的高明之处就在于,他能在不同的阶段巧妙地利用不同的舆论。想接近和追求邵黄梅时,他不但能为明月班发布广告、刊登专访,而且能利用民众的反响,为歌仔戏摇旗呐喊,正名正声。可是当他感觉到,不论自己怎样卖力气,也不可能得到邵黄梅芳心的时候,他迅速来了一个原地大转身,掉过头来利用文人雅士、上流阶层的另一种声音,开始在报刊上大做文章,先是编造女戏迷与男演员之间的负面花边新闻,吸引读者眼球,紧接着诬蔑歌仔戏是伤风败俗的淫戏,教坏良家妻女,有违公序良俗,简直就是把歌仔戏说成十恶不赦的洪水猛兽,大有"不禁之不足以抚民声"之意。

一沓报纸就摊开在陈嘉安的眼前,上面赫然印着——

阿宝女校书也。芳龄二十颇善酬酢,性痴台湾歌仔戏,每有新班至,虽风雨亦趋往观。前来百宜戏院表演霓生社时,宝观无虚日,于是与该班旦角月中娥结识时购饰品以赠之……

(《厦门时报》之《歌仔戏迷之一牺牲者》)

台湾歌仔戏班也是厦门社会中很通行的戏班,厦门一般妇女是最喜欢观看的。我从朋友的约,在街巷道旁的草台上,第一次去看,不知道是什么戏名,只觉得台上演做的角色,扭扭扭扭,骚气太重,不但旦角、丑角这样,就是生角也是如此……

(《江声日报》采访一观众)

本埠台湾歌仔戏流行以来,一班智识浅陋之男女,无不为之所迷，近闻南乔巷街，有一四十多岁之老妇，竟为歌仔戏所迷，每逢表演时，则昼以继夜，风雨不辞，虽于百忙中，亦必往观为快，如百宜戏院开演双珠凤之歌仔戏，妇则无日不到，以至结识该班之丑角温某……

(《厦门时报》之《老妇迷于歌》)

本月十八、十九两日，禾山兜仔尾与玄妙宫，因举行"送王"之举，好事者即鸠资在该虚旷地，搭台唱演双珠凤，以企神庇，因是往观者，摩肩接踵，尤以禾山美仁社、西边社、圆厝社之妇女为最多！闻是夜有少女……且有以观剧而闹出醋潮者，计有数起云。

(《民报》之《伤风败俗之台班歌仔戏》)

"歌仔戏"这名儿，在从前我们不但不曾看到，而且也未曾听过，直到前年来，才风行一时的。街头巷尾尽是"伊老伊"的声调，似乎这扰扰的天下已是太平无事了。为着扮演者是些女戏子，和她们所表演的多属风流韵事，如"孟丽君脱鞋"一类的情史，最迎合低级趣味的，而且说话通俗，所以引得一般杨花水性的妇女，趋之若鹜，狂蜂浪蝶，追逐忘形。这种戏剧在艺术上有丝毫存在价值？朋友们，我们小心着吧，别让你们的妻女沦落在她们的圈中；尤其是在这国难当前的时候，我们对于这种戏，也应有相当的注意才是……

(《商学日报》之《歌仔戏——商女不知亡国恨，隔江犹唱后庭花》)

歌仔戏是一种诲淫诲盗的戏剧，其直接间接，贻害社会影响道德很大，自今以来，输入厦门之后，风靡全岛，无论妇女儿童，都时时在唱这种淫亵的词句，甚至做出种种不正的勾当，伤风败俗，真是怪谬极了，讵意吾厦的党部，与教育当局，却置之泰然，目无为伤，这真是令人费解了。我想这种淫戏不禁止，淫词不禁唱，社会定必趋入坑陷淫靡之态，如果要严禁的话，在下提出四点：一、党部应负责严厉取缔戏院表演；二、教育局应将其害处训令各学校，严禁学生看戏习词；三、各保公会应取缔保内的流氓结组念歌仔戏团；四、公安局应绝对禁止全市露演行唱此等歌剧！

（《厦门时报》之《禁止台湾歌仔之我见》）

关于台湾歌仔戏应行禁止之理由，本报第二期已载之至详，兹又据台湾来客称云，自今春以来，此种歌仔戏，在台则被当局制止演唱，并禁令人民不得喊唱此种歌调，是以全台歌仔戏，一齐出发西来，厦门不知其害，竟迷之好之，致使三十横里之厦埠，处处皆闻"伊老"声，兹闻各保民公会已深明此害，正在设法自行禁止保民喊唱，说者谓市党部与教育局，乃系做"训令"生活者，何以对此未闻设法制止连一禁字也没？怪哉！怪哉！

（《厦门时报》之《处处皆闻"伊老"声》）

从花边新闻到群众观感，从署名评论到社会反映，虽然文章里没有直接点出明月班的名字，但是郑思明之流确实把舆论工具利用得板眼具备、游刃有余,简直是在出将入相、闪展腾挪间,就可以把新生的歌仔戏置于死地。陈嘉安一遍一遍地翻看着报纸,浑身颤抖。她简直是百口难辩,如果说不否认其他歌仔班、歌仔社、歌仔团从剧目内容到表演形态,确有报纸上所说的低俗、丑态、挑逗之嫌,这样的情况在台湾也有,那么她把歌仔从幕表戏推向定幕戏,竭力要改变这一切的努力,难道也要付之东流,也要受到牵连,被扼杀在摇篮之中?人们为什么对新生的事物总是满怀敌意地视作洪水猛兽?

邵黄梅端过一盘蒸熟的螃蟹,示意义母吃一点。陈嘉安看着满盘红红的蟹子,心中感慨万千,一口也吃不下。

邵黄梅说:"娘,要不,我答应郑思明?"

陈嘉安拿起一只螃蟹:"你是真愿意,还是为了歌仔戏?"

邵黄梅看看身后的陈承启,默默地流下泪来:"您常讲,戏比天大。不能因为我,把歌仔戏给弄没了啊!"

陈嘉安又把螃蟹慢慢放回到盘子里,点燃一根香烟,对邵黄梅说:"愚囡仔,莫把自己看重了。即便此事是因你而起,你也连个由头都算不得,不过是个插曲,推动一下情绪罢了。是嫁给郑思明做姨太太,还是嫁给陈承启,跟着我和你义父唱一辈子歌仔戏,我知道我女儿心里是咋想的。可这世道,诱惑太多太大啊!"

"娘!我发誓,我要跟着您和义父,唱一辈子歌仔戏。"邵黄梅扑通一声跪在了陈嘉安和黄炎祖面前。

邵曾海递过一封批给陈嘉安,是蔡悫从南洋吕宋寄回来的。批中,蔡悫告诉黄炎祖和陈嘉安,水仙班的歌仔戏在当地大受闽南侨民的欢迎,请戏不断,场场火爆,并邀请他们明月班下南洋演出赚钱。

这不啻一个好消息。陈嘉安告诉明月班的人，在没得到任何准确的消息之前，《李妙蕙》继续演出。她交代陈承启，今后每天的各种报纸都买一份，买到后立刻给她送过去。

七月上旬的最后两天，陈嘉安终于在报纸上看到了她最不愿意看到的两条消息：一、厦门禁演歌仔戏；二、卢沟桥事变爆发。

刊发在《厦门时报》上的禁戏公告中写道——

台湾歌仔戏，来自日据之台湾岛，是为日本"皇民化运动"下的汉奸之产物。传到厦门后，大肆传演"伊老伊"之"亡国调"。戏班演员人格卑劣，声调淫荡，表情猥亵；所演剧目淫词科白，伤风败俗，挑发邪情；有无良男优引诱女观客陷入迷途，蜜淫女优迷惑男观客多行苟且。故，自公告发布之日起，全岛禁演台湾歌仔戏。凡有违禁者，一经抓获，皆以汉奸论处。严惩不贷！

另一条消息，比歌仔戏被禁更让人震惊——

卢沟桥演习之日兵一中队，约六百余人，于七日晚十二时许，突向二十九军驻卢步兵射击，双方遂即开始接触。至八日晨四时许始停止，双方互有死伤。卢沟桥车站暨附近所有煤厂，俱被日军占领。宛平县城亦被日军包围，刻二十九军驻卢部队，仍在永定河与彼方对峙中。

陈嘉安呆呆地坐在那里，虽是炎炎夏日，却觉全身发冷。她不理解，不错，歌仔戏是诞生在台湾，可是它的根在闽南啊！如果仅仅因为歌仔戏是诞生在日本人占据下的台湾，就把它说成"亡国调"，定罪成"汉奸戏"，那么，与日本人的"皇民化运动"坚决抵抗、以命相搏的歌仔仙林海榕，岂不是白死了吗?！歌仔戏在台湾、在闽南广受欢迎，绝不单单是因为某些戏班的淫词秽调、娇声浪语。闽台人的道德规范和社会约束，是非常强大的，它受欢迎的主要根源在于歌仔戏独具的地方特色和乡土魅力，因为它能引起一代代下南洋、过台湾的闽南人的心理共鸣，它蕴藏着一方血脉和一腔乡愁。

"事已至此，什么都不要想了。歌仔戏不能没，厦门岛不让唱，我们可以去别的地方，只要观众喜欢，我们就有饭吃。"黄炎祖轻轻拍了拍陈嘉安的肩膀，把戏班上上下下的人都召集在了一起。大堂中间的桌案上，摆着一份份早已分好的薪酬和红利。

黄炎祖说："全岛禁戏，我们在厦门演出赚钱是不可能了。这里是大家的薪酬和红利，上面都写好了名字。我只想着带着诸位唱戏糊口，从没想过明月班会有散伙的一天。现在看，真到了各奔前程的时刻了。一会儿大家领完钱，都自寻出路吧。"

大家看到，一向教戏严厉、待人温厚的黄炎祖班主，眼睛红红的，泪水在眼圈里打着转。没有一个人到桌案上拿钱。

"班主，明月班不能散！不能散啊！"

"我们一起下南洋，找蔡班主去吧！"

"我们可以去漳州，去泉州，去乡下。"

陈嘉安摆摆手，跟大家说："这样吧，大家先把薪酬和红利都领好，然后，大家自己拿个主意。走不开的，留下去乡下的子弟班教戏；能走开的，我们一起，上水路，下南洋……"

没等陈嘉安说完，就看到一个神秘的人，走进了明月班。

06

走进来的那个人,虽然戴着墨镜和口罩,但还是被邵黄梅一眼就认了出来。她刚要张口,只见那人冲着邵黄梅摆了摆手,一个手指在口罩前"嘘"了一声,示意她不要说话。随后只见那人走到黄炎祖身旁,耳语了几句。黄炎祖轻轻拍了拍陈嘉安的肩,三人走进了里间,关好了房门。邵黄梅不知何意,紧紧地攥了一下邵曾海的手。

"郑思明?"邵曾海问邵黄梅。

"不是。"后边的话,邵黄梅欲言又止,激动得直跺脚。

大堂里的其他人,个个都感受到了气氛的紧张。管分薪酬和红利的人,赶忙收起桌子上的钱。陈承启已经操起刀剑,站在了邵黄梅的身前。邵曾海轻轻走到里间门口,听着里面的动静。

等黄炎祖开门叫邵黄梅和邵曾海进里间时,室内只有黄炎祖和陈嘉安两个人,刚刚来的那个人,已经从侧门走了。

邵黄梅悄声又焦急地问义父义母:"我阿爸呢?"

邵黄梅没有看错,刚刚来过的那个人,就是她和邵曾海的父亲邵时地。黄炎祖重新把门关好,告诉姐弟二人:"走了。"

"去哪了?"邵曾海也激动起来。

"莫问。"黄炎祖小声说,"跟所有的人,都不要讲刚刚来的人是你阿爸。讲出去,你阿爸和我们都有危险。"

陈嘉安把五十块银圆递给了姐弟俩,说道:"你阿爸有要事在身,不能去看望你们的阿公,这是他留下的五十块银圆,让你们带给你阿公,叮嘱你们常回统井巷看看老人家。"

兄妹俩惭愧地低头接过银圆,谁都没说话。

"阿海自从阿公摔弦那次离开统井巷,一次也没回去过吧?老人家一个人靠开档卖鲨鱼度日,年岁大了,做不动了。不管他如何反对你们唱歌仔戏,毕竟是你们的阿公,你们要照顾老人,给老人养老送终。这是人伦。"陈嘉安说。

"那阿爸都回来了,为什么不去看望阿公?"邵曾海问。

黄炎祖在邵曾海的耳边说:"你阿爸是受上级组织指令,秘密回厦门在爱国华侨界募集抗日资金的,知道的人,越少越好,他不便回统井巷看望你阿公。所以才委托你们俩回去。"

"募集抗日资金?娘,我们是不是也捐一些钱啊?"听到"抗日"二字,邵黄梅立刻想到了被日本人杀害的母亲。

"刚好大家那会儿都没领薪酬和红利,你去和大家商量一下。"陈嘉安转身问黄炎祖,"我们留一点儿下南洋的盘费,其余的,包括给阿梅存的嫁妆钱,都捐了吧。保住国家要紧,钱,可以再赚。"

黄炎祖点头答应。邵黄梅拿着阿爸留下的五十块银圆,转身走到了大堂。邵曾海也随后跟了出去。

邵黄梅把银圆放在桌案上,对大家说:"各位不要问刚刚来的人是谁了，知道了，对我们不安全。日后有人问起我们这里来没来过什么人，都一个口径——没来过。刚刚我义母给大家看的报纸上的消息，是真的，日本人，已经开始动用武力，全面侵占中国了。打仗，是需要钱的。这是我义母为我积攒的嫁妆钱，我准备全部捐给抗战前线。"邵黄梅这句话不能实话实说，"师哥师姐，师弟师妹，各位师傅，你们都知道，我的亲生母亲林海榕，就是在台湾被日本人杀害的，至今仍埋骨在台北的金宝山；舍命把我从日本妖婆范美武手中抢回来的台湾义士黎蕉妹，也和我母亲一起，惨遭日本人杀害。现在，日本人又开始侵略中国大陆了，我们的国家如果都没了，别说唱歌仔戏，即使每个人都能活着，也是亡国奴。当今政府禁演歌仔戏，日本人更不会让我们保留中国人自己的文化。我的薪酬和红利最多，我都捐出来。管账先生，麻烦您把我的那份拿过来，放在这里。"

陈嘉安抱着一个紫檀木匣，放在桌案上："这是我和班主的全部积蓄和首饰，下南洋的盘费我们留好了，其余的，都捐。陈承启，你写封批和吴和贵联系一下，乡下的歌仔社、子弟班有买道具和服装的，能卖的，都卖掉，把钱凑起来，也捐出去。"

陈承启拿过自己的那份薪酬和红利，有些不情愿地看着邵黄梅。邵黄梅对他说："捐吧，娶我，不用聘礼。"陈承启把钱放在了桌案上，转身找纸笔给吴和贵写批。邵黄梅说："莫写批了，你亲自去吴和贵那个戏班走一趟，更快捷些。"

明月班的其他人，准备留在闽南去乡下教戏传戏的，把自己的薪酬和红利都捐了；打算和班主一家下南洋的，每个人留了少许的盘费，其余的也都捐了。看着满桌子的钱，邵曾海刚要把自己的那一份也捐上去，邵黄梅上前拦住了他："阿海，你要回统井巷照顾阿公,还有在丹宅等你的阿惠,就莫捐了,我的,算你一份。"

"不。我可以接过阿公的档口,赚钱养家糊口的。这个钱,一定要捐,要不然,我对不起惨死的妈妈。姐,咱家和日本人,是血海深仇啊!"邵曾海坚定地把钱放在了桌案上。

当天的傍晚,明月班吃了一顿简单的散伙饭。

第三天深夜,邵时地来明月班和黄炎祖他们告别时,意外地收到了歌仔戏艺人们捐出的抗战资金。手捧着沉甸甸的银两,邵时地仿佛是捧着明月班歌仔戏艺人们一颗颗滚烫的心。

第五天上午,明月班的黄炎祖、陈嘉安、邵黄梅、陈承启四人,登上了批旗飘舞的下南洋的批船。留在家乡准备逃往乡下的明月班人,一个不差地伫立在码头上,含着眼泪目送批船离开厦门港。

过台湾,下南洋,十去六死三留一回头……

码头边,一个衣衫褴褛的乞丐,拉着大广弦,唱着乞食歌仔,正被几个流氓地痞驱赶殴打着。大广弦,被狠狠地摔断。

看着渐行渐远的批船,邵曾海的心中突然生出一个信念:师父师母,阿梅姐姐,你们放心,今后不论遇到多大困难,我都要把歌仔戏传下去。为了咱娘,为了喜爱歌仔戏的乡亲,我邵曾海就是舍去身家性命,也要唱下去。戏比天大,我为歌狂。

回到统井巷的邵曾海,从阿公的手里接过了鲨鱼档口。阿公老了,又患上了痨病,整天咳得厉害,再开档售卖,是没有主顾来光顾的。守着档口,凝望着冷冷清清的街巷,邵曾海看到,不远处的歌仔馆,也已经落幕关门了,再也没有他少年时熟悉的歌仔声传来。

他极力地回忆着，回忆着台湾七字仔、四字仔飘来的音韵，那是给他歌仔戏启蒙的旋律，那是刻在他记忆里的"流行音乐"。

远处，一位姑娘正急匆匆地向这边走来，边走边向路边的人打听着什么。邵曾海认出来了，是阿惠，是丹宅乡下的阿惠来了。他写批告诉过阿惠他在厦门的情况，没想到，接到批后的阿惠，不顾路途遥远，水长海深，孤身一人漂到了厦门，来到了他的身边。

"一个姑娘家，路上多危险。"邵曾海心疼地说。

"娘说了，让我过来。你守着档口，我侍奉阿公。"阿惠说。

"曾阿姆还好吗？"邵曾海问。

"娘没事。只是天天惦念你。"阿惠摘下身上的包裹。

邵曾海递给阿惠一杯茶："禁戏了，歌仔不让唱了。"

阿惠喝了一口茶水："没有我种的茶好。"阿惠说着从包裹里拿出一大包茶叶，递给邵曾海，"我们把这个档口开好，把阿公侍奉好，你想唱歌仔的时候，你唱，我听。"

"现在唱歌仔，是要被抓去坐牢的。"

"那我们在家里，关起门来偷偷唱。"

阿惠留了下来，留在了厦门的邵家。

一个月后，阿公溘然离世。临终前，阿公拉着邵曾海和曾垵惠的手："阿惠是个贤淑的好姑娘，你能娶到这样的老婆，是咱们邵家的福分，我放心。莫再唱什么歌仔了，不当日子过的。"阿公从枕头下摸出几块洋银和一个手镯，塞到了阿惠的手中，"这个手镯原本是准备给儿媳妇的，她唱歌仔，我没给她；这回我给孙媳妇，你不唱，我给你……"阿公说完，闭上了眼睛。

操办阿公后事的时候，吴和贵来了。吴和贵告诉邵曾海，这两天，总有几个陌生人，鬼鬼祟祟地在灵棚周围转悠，好像是便衣特务，不知道在打探着什么。邵曾海瞬时明白，这几个便衣特务，是冲着阿爸邵时地来的，他们肯定认为，阿公去世，阿爸会回来奔丧的。只要阿爸一露面，肯定会被他们抓去。邵曾海告诉吴和贵和阿惠守灵，自己到周边望风，只要阿爸一露面，赶紧让他离开。

直到阿公下葬，阿爸也没有露面，邵曾海长长地舒了一口气，正准备回家，谁知那几个便衣特务把他围上了。原来，他们没有抓到邵时地，没法回去交差，于是就准备把邵曾海抓回去充数。老子欠债儿子还，抓不到老子抓儿子，看你邵时地这个"赤色分子"露不露面。再说了，你邵曾海本人就是个唱台湾歌仔戏的，传播"亡国调"，定你个"汉奸罪"，一点儿都不冤。

就这样，邵曾海被特务带走，投进了大牢。

曾垵惠看着邵曾海被特务带走，脸色被吓得惨如一张白纸，一时间不知所措。曾垵惠对于邵曾海的爱慕，源于母亲给她讲的两个家庭的世交，所以她自从见到邵曾海的那一刻，就有一种与生俱来的亲近感。曾家没有男人了，她觉得邵曾海就应该是曾家的人，曾家的男人。至于歌仔戏，曾垵惠只是骨子里流淌着闽南人的血，是一种对家乡戏天生的认同，说不上讨厌，也说不上喜欢。但是邵曾海喜欢歌仔戏，那她就跟着她的阿海哥一起喜欢。这一次她来厦门，是妈妈听到了厦门禁戏的消息，让她来看看邵曾海的情况，怕是一时有什么难处，顺便帮助照看一下年迈的阿公，谁知，一个月间发生了这么多变故。

看着不知所措的曾垵惠，吴和贵把她扶回了统井巷里的邵家，屋内，是刚刚办完丧事的凌乱和晦气。手脚勤快，向来干净整洁的曾垵惠看到这情景,立刻动手收拾屋子,却被吴和贵叫住了:"你先莫弄这些嘛!我们得想办法把人从牢里捞出来啊!"

曾垵惠两手无处可放地垂了下去:"咋个捞法?"

"我先去找人询个底细,你写封批,告诉丹宅家里这边的情况,看看家里有什么打算,我们再坐下来想办法。"吴和贵说。

曾垵惠摇摇头:"我不识字,咋能写批?"

"哦,我来写,我来写。"吴和贵找来纸笔,立刻写批。

吴和贵写批之际,曾垵惠先给他泡好了茶,然后开始收拾屋子。批写好了,吴和贵又问了一下曾垵惠家里的地址,然后把批封好:"我先去寄批,接着去找人寻底细,你在家别动,等我消息。"

手里忙着活计的曾垵惠说:"我去弄饭,你吃了再走。"

"不好拖延的。我先去,回来吃。"吴和贵已经奔到了门外。

不用写批问曾阿姆的主意,邵曾海被抓走的那一刻,曾垵惠就已经做好了打算,只要能花钱把邵曾海保出来,就是卖地出厝,她也在所不惜。前前后后,来来回回,一个月的时间,曾阿姆卖掉了丹宅曾家大厝的东护厝,曾垵惠卖掉了厦门统井巷的邵家房子,凑够了保资,在吴和贵的奔走下,终于从大牢里把邵曾海保了出来。

戏禁了,班散了,家没了。走出大牢的邵曾海,心如死灰。幸好,他还有他的好兄弟吴和贵;幸好,他还有对他恩情似海的曾垵惠。他们三个人,乘一叶舢板,漂往漳州浮宫镇丹宅的乡下。

舢板刚过鼓浪屿不远,厦门岛上便响起了炮声,港口码头一片火海,街巷里传来妇女儿童惊恐凄惨的哭叫声,昔日美丽的鹭岛,此刻在日本侵略者的"膏药旗"下,已变成一座人间地狱。

这一天,是一九三八年五月十日,厦门沦陷。

07

过台湾，下南洋，十去六死三留一回头。

在茫茫大洋上辗转漂泊了一个月的黄炎祖、陈嘉安、邵黄梅、陈承启四人，终于望见了吕宋岛，看见了等候在码头上隆重迎接他们的水仙班蔡态班主。蔡班主身边有四五个人，其他人不认识，但黄炎祖他们几乎同时认出，那个窈窕的姑娘，一定是黎泰雅。

没错，此刻的黎泰雅，已经是名噪东南亚华侨、华裔观众中的歌仔戏明星大腕儿，江湖人送绰号"小皇妃"。"小皇妃"黎泰雅不论到哪里演出，追星者都如潮水一般，把她捧上了云端。现在，她在一个叫"拉卡丝"的固定戏院演出，场场爆满，一票难求。

在当地最高级的华人餐馆，蔡态设宴给黄炎祖一行接风。

蔡态端起酒杯："一壶浊酒喜相逢，古今多少事，都付笑谈中。既然我们殊途同归，都漂泊到了这里，那么我们就像祖祖辈辈下南洋的祖先一样，共同打拼，把根扎在吕宋，一起传唱我们的歌仔戏。我始终忘不了嘉安嫂子的那句话——戏比天大。来！为了我们赖以生存、能让我们养家糊口的歌仔戏，我敬炎祖兄、嘉安嫂一杯！黄梅、承启、泰雅,你们也一同喝。"蔡惢说完,一饮而尽。

黄炎祖呷了一小口酒,像咽药一样,满脸的苦涩:"国没了,家也就没了。漂泊海外,我们是为了打拼赚钱,但我们,心在故国啊!我们谁都想身后有一个国强民富的祖国,当一个流亡他乡的亡国奴,我们就得任人欺辱,抬不起头哇!"黄炎祖把杯中酒一口吞下。

陈嘉安安静地端着酒杯:"回到厦门这些年,我们的歌仔戏刚刚有了点大戏的模样,阿梅也刚刚有了点名气,戏就被禁了。在台湾,日本人搞'皇民化运动',他们的皇民奉公会,把我们的歌仔戏糟蹋得不成样子。回到厦门,政府现在又因为歌仔戏来自台湾,就说是亡国调、汉奸戏。要禁戏,谁唱就抓谁,戴纸帽,去游街。"陈嘉安喝光杯中的酒,"有时我都闪过这样的念头,不做歌仔戏了,像邵时地一样,找队伍,闹革命,为抗战募集资金。"

听到"邵时地"三个字,黎泰雅的身子一震,随即站起身,给每个人又斟满了酒。蔡惢看着黎泰雅,对她说:"嘉安师傅说的邵时地,就是你的生身父亲。当年,就是嘉安师傅用一个死婴把你从大牢里换出来的。"蔡惢问陈嘉安,"邵时地现在他在?"

陈嘉安说:"回到大陆后不久,就去广州投奔革命,后来辗转回到闽西南,加入了红军。长征开始后,他留下来就地打游击。现在,从事秘密地下工作,筹集抗战资金,然后运到队伍那边去。"

黄炎祖说:"我们来之前,把所有的积蓄,基本捐了。"

黎泰雅给陈嘉安斟酒,陈嘉安站起身来,双手搂住黎泰雅的肩膀,仔仔细细地打量着,转身对大家说:"十七年前,我用背篓把她从大牢里换出来时,她才降生两天啊!一转眼,成角儿了。"

"不提了,都过去了。来,我们喝酒。"蔡惢说,"泰雅,你敬杯酒,然后赶紧去拉卡丝演出。我们今天,一醉方休。"

黎泰雅敬过酒,带上邵黄梅和陈承启,匆匆走了。

餐桌前,只剩蔡态、黄炎祖和陈嘉安三人。蔡态已经喝得有些醉意:"天天盼着哥嫂能来,没想到此行却是因为厦门禁戏。莫怕,我们在吕宋,给这里的华侨华人唱歌仔,他们喜欢。我在这里的唐山会馆有一把交椅,明天我就去找他们,号召募捐,有钱出钱,有物出物,然后让批局找一条安全的水路,汇寄回去,支援抗战。"

那一夜,他们三个人都喝多了,说了许多伤感的话,流了许多悲愤的泪,每个人都是掏心掏肺,肝胆相照。门里是条虫,出外是条龙。闽南人就是这样,不管内心有多苦,命运有多歹,他们在无人处擦干眼泪后,一转身又是一个个敢打敢拼的闽南人。

第二天晚上,蔡态请黄炎祖和陈嘉安来到了拉卡丝,看黎泰雅,江湖艺名"小皇妃"的歌仔戏专场演出。他们这些人,是靠唱歌仔戏闯码头、走江湖的,为了生计,无论如何戏不能不唱。

来的路上,昨晚已经看过黎泰雅演出的邵黄梅,悄悄地对义母陈嘉安讲:"娘,讲好喽,您看了演出之后莫要生气,莫要跟蔡班主和泰雅妹发脾气哩!"邵黄梅知道义母最讨厌什么。

"为什么发脾气?"陈嘉安有点摸不着头脑。

"您看了就知道了。记住我的话,莫发脾气。"邵黄梅说。

陈嘉安随着络绎不绝的观众走进拉卡丝,看着一个个富商、巨贾、土豪、劣绅、流氓、地痞模样的人,搭肩搂腰地带着浓妆艳抹的女人落座在包厢、雅座、前排,就已经明白邵黄梅说话的意思了。

演出开始了。首先出场的是装扮怪异的一男一女,演出的是歌仔戏传统戏目《桃花搭渡》。

129

让陈嘉安没想到的是，这出原本表现渡河少女与摇船老汉幽默、风趣对唱互答的机智故事，在两位演员的演绎下，竟然变成了"老牛吃嫩草、嫩草戏老牛"的恶心表演。男演员动作粗俗，一脸淫相，女演员扭腰摆臀，目光魅惑，每个人的唱腔都充满着挑逗感，让人看着极不舒服，没有任何美感可言。

然而就是这样的表演，台下的观众仍不满足，起哄声、口哨声、叫喊声此起彼伏："下去！下去！""我们看'小皇妃'！我们看'小皇妃'！""下去！下去！""'小皇妃'！'小皇妃'！"两个演员尴尬退场。

在众人的千呼万唤中，小皇妃黎泰雅终于出场了。更令陈嘉安和黄炎祖万万没想到的是，一个十七八岁的美丽姑娘，竟然化装成搞笑的丑旦，身上的衣服不是戏服，而是当时最俗不可耐的衫裤，能暴露的地方，无一处不暴露，双乳在一条布带的勉强遮挡下，脱兔一般地颤动着，在胸前晃来晃去，全然不顾一个姑娘的自尊。

接下来的表演，只是她和一位配角男演员之间的互相逗笑、谩骂，甚至是下流的肢体接触。不能称为台词的语言净是色情笑话、坊间荤语，每一句都充斥着性暗示、性挑逗。早已推倒了戏剧第四堵墙的台上台下交流互动，让台下的老爷姨娘、少爷太妹们在意淫中狂声浪笑。包括最后的一首略显唱功的通俗歌曲，也是极尽能事地拔高音，早已没有歌仔戏的一点痕迹，更不要说什么艺术之美。

凡此种种的意料之外，已经让包厢里的陈嘉安瞠目结舌，大跌眼镜，她除了惊诧和不解，根本来不及有生气的反应。

更令陈嘉安惊诧和不解的是，演出结束谢幕时，"小皇妃"黎泰雅突然向台下的观众宣布，她要将包括今天在内的一个月的演出收入，全部捐献给祖国的抗战一线。

黎泰雅高声地说:"同胞们,我们的台湾岛,早已被日本人霸占和统治,变成了他们的殖民地。我的母亲黎蕉妹,就是在台北大稻埕刑场被日本人杀害的。现在,他们又疯狂地侵占祖国大陆,各位的故乡闽南,美丽的鹭岛厦门、鼓浪屿,都已沦落在日本人手中,变成了人间地狱。我们都成了有家不能回的孤儿,任人践踏的亡国奴。我求求诸位大佬阔太,少吃一餐酒,少做一套衫,捐出来,捐给祖国抗战前线的将士们,夺回我们的国土,守住我们的家园。"

"小皇妃"黎泰雅的号召,得到了全场观众的一致响应,在场的所有人,都掏出了随身携带的钱,扔在了戏台上,有的男人,摘下了腕上的手表、脖子上的金链,有的女人,摘下了腕上的手镯、手指上的戒指,都扔在了戏台上,扔在了黎泰雅的脚下。

黎泰雅和台上的演员们,一次次地深鞠躬,泪洒戏台。

陈嘉安被这后来的一幕,再一次深深地震撼了心灵。

看着被矛盾纠结着的陈嘉安,蔡忞无奈地解释道:"咱们田都元帅的传人都知道,唱戏,男怕夜奔,女怕思凡。都说是台上一分钟,台下十年功,一天不练,自己知道,两天不练,同行知道,三天不练,观众知道。可现在这话不灵了,观众们不管你练没练,功夫下得有多深,他们要的是你能把他们逗乐了,哄开心了就行,其他的,没人看。毕竟真正懂戏的观众,是少数。赚钱要紧嘛!"

陈嘉安无奈地说:"何意百炼钢,化为绕指柔。可真正的好戏,都是'上穷碧落下黄泉'的终极之美,这种魅力,绝不是插科打诨的性暗示。能赚到钱,不是理由。演员绝不是观众的玩物。演员呈现的是艺术之美,观众得到的是心灵愉悦。"

蔡忞说:"老子讲,万物并作,吾以观其复。"

陈嘉安说:"苟日新,日日新,又日新。但这种演出的内容和形式,绝没有任何意义上的进步可言,这是倒退,是罪人。"

黄炎祖说:"国难当头,哪种能募到银两,先演哪种吧。"

陈嘉安知道解释不清,摇了摇头,笑得很苦。

这时,戏班的人引唐山会馆的人进来,来人蔡态认识。

来人对蔡态说:"蔡班主,明天,一位华侨领袖回国途经吕宋,沿途在华侨界募捐抗战经费。老华侨今年是六十六岁大寿,国家有难,不做寿了。吕宋的华侨界知道此事后,虽然不祝寿,但都打算给老寿星请一台家乡戏,以慰乡愁,所以邀请你们水仙班明天晚上去唐山会馆唱堂会。不知蔡班主是否方便安排一下?"

"华侨领袖?六十六岁大寿?会是谁呢?"蔡态问。

"我的本家老大哥。"陈嘉安听到消息,激动不已。

"哦——"蔡态被一语点醒,直拍脑门,他告诉唐山会馆的人,"你回去告诉会长,请他放心,明天晚饭之后,文场准时起弦。"

唐山会馆的人走了。蔡态跟黄炎祖和陈嘉安说:"幸亏二位来得及时,快帮我出出主意,明天晚上,唱哪一出合适?"

黄炎祖想戏目时,陈嘉安笑着问蔡态:"要不就唱你这个版本的《桃花搭渡》?嘉庚先生若不喜欢,就让'小皇妃'黎泰雅上?"

蔡态其实并不糊涂:"不行不行。给嘉庚先生唱,这种不入流的没品戏码,上不去台面的。绝对不行!"

"看来蔡班主心里比谁都明白。赚钱和作艺,分得很清楚。"陈嘉安转身征求黄炎祖的意见,"唱《安安寻母》吧,唱做俱备,哭腔丰富,内容、形式,都符合我的本家老兄和全体华人此刻的心境。"

黄炎祖点头称是,他安排邵黄梅和陈承启:"戏目虽然叫《安安寻母》，但其实母亲庞三春是重头戏。阿梅，你这次一定要把哭腔变化唱得一波三折，肝肠寸断。承启，你的安安也一定把戏搭好，阿梅演唱大段唱腔时，你在一旁不可以分神，不能出戏的。"

邵黄梅和陈承启互相看看，郑重地点了点头。

蔡忞看着陈嘉安说："上大台面，还得正戏。"

【庞三春】囝啊！你婆她，她有囝免苦无媳妇。你爹他、他休妻全孝大丈夫。阿囝，有乳就是你的老母，亏！亏！亏！亏我庞氏准猪牛。从今割痛一次定，莫向刀口恁踌躇。

第二天晚餐之后，歌仔戏《安安寻母》在唐山会馆起了弦。邵黄梅扮演的母亲庞三春，陈承启扮演的儿子安安，勾起了全场华侨界同人万千离愁。陈嘉庚先生几次摘下眼镜，拭泪感叹。

【庞三春】衔石难填东海恨，血泪流到几时停。你爹尽孝顺，你婆耳空轻。你母自入姜门就苦度光阴，让母伤心去找死，儿你何处见娘亲？安安，要你母回去，除非等儿成人者保母得起，为母申冤吐苦情，许时你母气若还未断，才来接母回家庭。忍心牵儿出尼庵，珠泪滚滚千万行；恨苍天挥起无情剑，怨高堂降下绝世冤。珠泪滚滚千万行，心肝我的安安儿呀！

演出结束后，陈嘉庚先生拉着本家妹妹陈嘉安的手，对所有在场的演员、乐师们说道："歌仔戏是我们闽台的地方戏曲，不管遇到多大困难，一定要好好传承下去，这是我们的文化血脉。你们不仅要传老戏,更要写新词、谱新曲、唱新戏,用文化为国家效力,鼓舞国人万众一心,去投身抗战大业。跟我走吧,宣传抗战,需要你们。"

  为了募集抗战资金,陈嘉庚先生几个月来水路兼程,舟船劳顿。他先去的暹罗,返回星洲后,又经爪哇来到了吕宋。下一站,是祖国的宝岛台湾。在陈嘉庚先生的诚挚邀请下,明月班和水仙班的歌仔艺人,跟陈嘉庚先生一道,登上了北归故国的航船。

  国破山河碎,海外赤子心。征帆坚定地向风暴的中心进发。

08

没有问名和纳吉，没有相亲和聘礼，没有请期和迎娶，红灯笼上也没有"颍川陈""江夏黄"之类的姓氏堂名或郡望，甚至没有闽南民间必备的"子孙桶""过米筛""念四句""新娘茶"等婚礼习俗，当邵曾海和曾埯惠落寞地坐在曾家大厝堂屋西侧里间的时候，大婚之夜连一个闹洞房的人都没有。唯独能证明邵曾海"吊大灯"正式入赘曾家做上门女婿的，一个是抱着大广弦坐在凳子上陪着新郎新娘的吴和贵，一个是在厨房内独自洗刷碗筷的曾阿姆。

吴和贵放下大广弦，开始象征性地闹洞房、"念四句"："来食新娘一杯茶，给你二年生三个，一个手上抱，二个土脚爬……"看到邵曾海木讷的表情、曾埯惠勉强的笑容，吴和贵接着念，"新娘娶到厝，家财年年富，今年娶媳妇，明年起大厝……"吴和贵念着念着，发觉这些词放在这里，有点不合适，如果改成"新郎娶到厝""今年娶新郎"，那就不是闹洞房那么简单了，会深深伤到邵曾海的自尊的。

没人鼓掌欢呼，没人起哄叫喊，吴和贵没趣地停止了"念四句"。三个人你看看我，我看看你，面面相觑后，都尴尬地低下了头。过了好久，邵曾海抬头对吴和贵说："阿贵，弄一段弦子吧。"

吴和贵抬头看看一对新人，操起了大广弦。调弦定音之际，吴和贵把歌仔戏所有的曲调逐个想了一遍，却遗憾地发现，竟然没有一段是喜庆欢快的。吴和贵懊恼地想，歌仔戏的先人们这是咋了，难道他们的人生中没有一刻是欢愉和喜悦的？无论是闽南的歌仔调还是台湾的歌仔戏，清一色的哭腔苦调，难道他们的创作，要讲述的故事，要倾诉的情感，都必须用一腔愁绪来表达？

仔细想想确实没错，任何一个过台湾、下南洋的闽南人身上，都是一部打拼的创业史、搏命的血泪史。他们的人生主旋律，只能是在这样的痛苦和磨难中透出一股不屈的倔强。那道他们一次次艰难跨越的台湾海峡，每一朵浪花，都激荡着闽南人的豪情，都翻涌着台湾人的乡愁；那条他们用生命铺就的海上丝绸之路，每一程海水，都浸染着闽南人的鲜血，都漂浮着台湾人的白骨。

还有歌仔戏，人世间的戏曲有三四百种，哪一种遭遇过歌仔戏遭遇到的这些磨难？日本人要毁灭它，反动政府又诬蔑它是"亡国调""汉奸戏"，为什么歌仔戏要经历这么多的坎坷和重压？

邵曾海看出了吴和贵的心思，体会到他的难处，他走到吴和贵身旁，拿过大广弦，重新回坐到曾坡惠身旁，轻轻地拉了起来。

这是在邵曾海心中流淌了无数遍的旋律，这是他梦中的歌仔戏应该有的曲调。邵曾海早就打算着，一定要在他人生的一个重要日子拉出来，给他生命中最重要的人第一个听到。邵曾海觉得，今天，就是这个重要的日子。眼前，就是那个最重要的人。

弦音若潮水般冲刷着海岸，似乎是那么遥远，又是那样的亲近。

不是"七字仔""四字仔"似的刻板的"伊老伊",不是拖沓的闽南"杂咀仔",也不是快得几乎听不清唱词的台湾"杂念调"。

从邵曾海弦中流淌出来的曲调,有时比台湾"杂念调"要慢,有时比闽南"杂咀仔"要快,在变化丰富的旋律中,吸收并发展了众多流传在闽南民间的小曲小调。曲调中,节奏多变,时快时慢,快时如风鼓疾帆,慢时似水浮茶悬;情绪多元,亦谐亦庄,谐趣处轻松欢快,庄严处激越昂扬,简直就是集闽台众多地方流行曲调精华之大成者。听得吴和贵惊诧而又欣喜,听得曾垵惠仰慕而又陶醉。

曾阿姆端着餐盘走了进来,餐盘上是一小汤盆儿的猪手香菇笋干汤,一盘姜母鸭和三碗沙茶面:"人家闹洞房,拆梁撤柱捅破天,你们闹洞房,一把弦子像过年。阿贵阿海阿惠,你们三人先喝碗汤,我给你们去拿酒。"曾阿姆的脸上,极力用喜悦掩饰着愁苦。

邵曾海一脸感激地看着曾阿姆,这位从今天起就是自己岳母的柔弱女人。他羞愧地放下了手里的大广弦,对曾阿姆说:"娘,就拉这一晚,今夜就收弦。从明天起,我就和阿惠上山,开田。"

吴和贵谢过曾阿姆,到处寻找纸和笔,他说:"阿海,先莫着急吃饭,你再拉一遍,我要把谱子记下来。"

邵曾海摆摆手,无奈地说:"戏都禁了,记它何用?"

曾垵惠看着情绪有些低落的邵曾海,柔声细语地说:"不是歌仔戏不好,只是它出生的时辰不对。这就像咱们人一样,不是你没有才华,只是没人懂得和赏识,或者说,暂时他们不需要。莫急的。"

人世间的许多事情,从来都是当局者迷,旁观者清。

吴和贵说:"我听人讲,南靖的都美村、马公村一带,人们都爱看歌仔戏,每个村社都有子弟班,禁戏也时紧时松。有时迎神赛会,大家戏瘾上来想看戏，就派专人望风放哨，看见有官厅的人来，马上落幕收戏，或者改演别的戏。他们讲，有一次，望风的人看见官厅的人来了，刚要跑回去报信儿，谁料官厅的人追上他，跟他讲：'你们演你们的，我们也爱看歌仔戏，我们是来看戏的，不是来禁戏的。'你们讲搞笑不搞笑？"吴和贵说完，笑得大家差点把嘴里的汤喷出来。

曾阿姆把一小瓶杨梅酒拿了进来，惭愧地说："就这么多，你们每人少吃一点儿，吃完早些休息。"说完走了出去。

吴和贵倒上杨梅酒，慢慢呷了一小口："我准备去南靖的都美村、马公村教戏。你刚才拉的新调，到那边准受欢迎。"

邵曾海也呷了一口酒，看着身边的阿惠："这个曲调叫什么名字呢？阿惠，劳驾你给取个名字吧。"

曾坡惠端着酒，笑吟吟地看看邵曾海，看看吴和贵，一边寻思一边说道："台湾的叫'杂念调'，闽南的叫'杂咀仔'，咱们这个，就叫'杂碎调'吧，你们俩看好不好？"

吴和贵把酒干了，说："'杂碎调'，好！就叫'杂碎调'！"

邵曾海也把酒干了，说："谢谢阿惠赐名！就叫'杂碎调'！"

谁也未曾想到，在邵曾海心中酝酿了多年的"杂碎调"，就这样，在他的新婚之夜，在歌仔戏因为被定为"亡国调""汉奸戏"而被禁唱之际，诞生了。至于后来，"杂碎调"被改称为"改良调""都马调"，成为歌仔戏的主要曲调之一，流传到台湾之后广受欢迎，风靡宝岛，都是邵曾海从没想到，但愿意看到的。

邵曾海告诉吴和贵："我们的歌仔艺人问起时，告诉他们这是'杂碎调'，歌仔戏的'杂碎调'。如果官厅追查下来，有人问起，一律讲，调是'改良调'，戏是'改良戏'。另外，为了掩人耳目，不授人以柄，台湾歌仔戏的乐器，也避讳一下，把大广弦改用二弦，壳仔弦改用六角弦，月琴改用三弦，台湾笛改用洞箫。给歌仔戏来个脱胎换骨。"

说是脱胎换骨，可是歌仔戏艺人们，尤其是邵曾海，对于开始学戏那天就上手演奏的大广弦、壳仔弦、月琴、台湾笛等乐器，是有深情的、依恋的。曾埭惠明白丈夫的心情，她把婆母林海榕留下的、去厦门找阿海哥时没敢背上的那把大广弦拿了出来，递给了邵曾海。

邵曾海接过大广弦，心中感慨万千。他强忍泪水，默默地从床铺下面翻出早已改编好的定幕戏剧本——《六月雪》，递给了吴和贵。吴和贵接过剧本，一下子全明白了。这是脱胎于关汉卿的元杂剧《感天动地窦娥冤》而改编成的歌仔戏新剧本。看着一页页早已改好的、工工整整的曲谱和唱词，吴和贵真切地感受到了一个歌仔戏艺人、艺术家，对母亲刻骨铭心的思念，对歌仔戏艺术如醉如痴的爱恋。

邵曾海调弦时，吴和贵拿出了月琴，他俩面对着翻开的曲谱，含泪唱起了邵曾海的新编歌仔戏《六月雪》——

【邵曾海唱彩云】这间佛殿真正新，佛祖诸仙过嵌金。一个香炉排置桌顶，一对烛台排两平。（白：师父！那是什么物件？）

【吴和贵唱法空】（白：那是木鱼。）

【邵曾海唱彩云】（白：哦！是木鱼。）木鱼对古磬，摇铃对响钟。寿杯排在桌顶，蒲团排在桌前。

【吴和贵唱法空】（白：彩云赶紧过来参香。）

【邵曾海唱彩云】（白：遵命！）三支清香拿挺挺，跪落蒲团拜观世音；祝告佛祖你得相感应，保庇我……

【吴和贵唱法空】（白：保庇你修行正果。）

【邵曾海唱彩云】保庇阮心内一个意中人。

唯一的听众曾垵惠，可能是怕自己孤单，可能是想让婆母也听到，她悄然来到婆母的遗像前，燃香叩首，然后陪坐在婆母的遗像前，和故去的婆母一起倾听邵曾海的演唱。

曾垵惠在心中默默地祷告着："娘，九泉之下的娘，埋骨台湾的娘，您安息吧！如果您的在天之灵听到阿海演唱的有什么差错，那不是唱错了，是他给改了。歌仔戏，不改不得活啊！娘，那个您过台湾时刚刚出生不久的阿惠，现在是您的儿媳了。我听我娘讲，我的名字还是您给取的呢。娘，您放心，我会好好伺候阿海的。他喜欢唱歌仔戏，我就照顾他唱一辈子；他若插禾栽树，我就陪着他收稻采茶；他若漂洋过番，我就跟着他去闯惊涛骇浪……"

拉动大广弦的邵曾海，弹拨月琴的吴和贵，内心深处涌动着无限的忧伤和留恋。他们清楚，从此以后，能再次奏响这两样乐器就不知何时了。他们在想，改良新曲，这样的歌仔戏观众会不会喜欢。

再简单、再清苦的婚礼，也总会有听房的。当守在窗外听房的年轻人听到洞房内唱起了新奇的歌仔戏时，有的人，竟然情不自禁地叫起好来；还有的人，干脆敲门拍窗，要进来听。这可吓坏了曾阿姆，一开始她还以为是官厅禁戏的人，后来得知是前街后坊来听房的年轻人，也觉得冷清、人气不旺的曾阿姆，高兴地开门把他们迎了进来。

邵曾海和曾垵惠的新婚洞房，瞬间变成了家庭歌仔馆。一群丹宅的年轻人听着、哼唱着、欢呼着，一直持续到午夜，才意犹未尽地散场离去。吴和贵也回前落的客房休息了。

洞房内，就剩下邵曾海和曾垵惠，一下子显得静谧又温馨。曾垵惠起身要收拾房间，邵曾海没有叫住她。他知道，一向干净整洁的她，不把房间收拾停当，是不会安心睡下的。收拾完房间，曾垵惠用木盆端来热水，轻轻地放在了邵曾海的脚下。她温柔地脱下他的鞋袜，把他的双脚放在略微温热的水盆中。给夫君洗脚，是闽南女人的美德和传统。邵曾海知道这个，但亲身来感受，这是人生第一次。他爱怜地看着她，看着她修长的手指在慢慢地撩水。她撩水时，不时地抬头看看他的表情，柔顺的眼神在无声地询问水温的凉热。水是温热的，那种恰到好处、传遍全身的温热，那种足以暖透心田的温热。他点点头，用他那拉弦的手，轻柔地摘下她头上的发饰，抚摸着她浓密的黑发、白皙的脸庞、颀长的颈项、瘦削的肩头。她有些不好意思，但并不拒绝他的抚摸，双手在给他洗脚，四目却从未离开。

灯花爆了两下，熄灭了。冷衾下相拥的一对新人，心扉袒露。

"阿海，明天你和阿贵一起走吧，我知道，你离不开歌仔。"

"禁戏，到哪都赚不到钱的。再说，我放心不下你和娘的。"

"现在咱们家，除了这几间大厝撑门面，只能靠番薯度日。"

"莫慌，明天我就去上山，开几分田。我不能让你们挨饿。"

"人家都知道你是歌仔戏的'曾海师'，你去开荒种田，不怕外人耻笑？你能放下面子？再讲，田里劳作，很辛苦的。"

"饿着肚子，莫讲面子。我让你看看，戏子能不能犁地。"

曾埭惠紧紧地依偎在邵曾海的胸口："人活着，最舒心的事，不是骗别人，而是时常骗骗自己，并且还把自己骗信了。"

山海之间的闽南，非山即海，土地稀少，寸土必争。在沿海沿江围垦造田，是世代闽南人的传统。村社附近能开垦出来的地方，早就被开垦完了，依山的梯田层层叠叠，一块块小得可怜的"碗仔田""筷子田"，远远望去，真的犹如一个个大碗，一双双筷子。

冬雾晴，春雾雨。第二天一大早，邵曾海和曾埭惠草草吃过一点番薯粥，趁着漫天大雾，扛上犁锄，上山了。邵曾海和曾埭惠去开荒的地方，距家里有六七里路，要翻过两道山梁。路上，曾埭惠竟然顽皮地唱起了童年的歌谣："火金姑，跌落土，土你食……"

邵曾海看着乐天知命的妻子，亮开嗓子，唱起了民间小调《劳作歌》："透早就出门，天色渐渐光，受苦无人问……"

曾埭惠沉醉在邵曾海的歌调中，笑盈盈地说："阿海哥，这里没人，你唱一段歌仔吧，我喜欢听的。"

邵曾海听到曾埭惠这么说，动情地唱了起来——

谁人开井不食水？谁人娶某不爱美？
娶得水某含唇微微笑，娶得怯势某走去厝后雀雀跳。

"阿海哥，这不是歌仔，这是'答嘴鼓'里唱的。"
"阿惠好耳力。我的'杂碎调'，有从这里来的。"
"我给你唱一个娘教我的吧。"阿惠唱了起来——

听唱无影是无影，灯芯蘸油钻破鼎，

四两面线下了半斤盐,吃了还是嫌太淡。

曾垵惠唱完后,小夫妻俩都开心地笑了,那笑声,在闽南的山海之间,传得好远好远。

这之前,邵曾海曾经几次离开歌仔戏,但那都是被迫的。唯独这一次,为了他心爱的曾垵惠,邵曾海心甘情愿地放弃了歌仔戏。他们要做一对男耕女织的贫贱夫妻,过与世无争的日子。

但是,仿佛是命运的冥冥安排,歌仔戏,不能没有邵曾海,不能没有"曾海师",所有的曲折和苦难,其实都是在着意锻造这位后来的歌仔戏的不朽大师。

这一次,邵曾海只不过是又一次走进了生活。但歌仔戏,注定要把他从生活里拉出来,拉上多姿多彩的舞台。这就如同梁山好汉们精心为卢俊义铺好的上山之路一样,他们骗他入伙,他却报以感激。

因为他们之间,心有灵犀。

09

蜜月后的一天晚上,邵曾海和曾埯惠拖着疲惫的身子,扛着犁和镬头,从田间赶回家里。等候在埕口的曾阿姆,脸上喜忧参半,她告诉邵曾海:"可算回来了。有人等你一天了。"

邵曾海放下肩上的犁,警觉地问岳母:"谁?"

"龙海那边来请你教戏的,还带了好多东西。"曾阿姆说。

邵曾海迟疑了一下,看了看身边的曾埯惠。曾埯惠拉过形如乞丐一般的邵曾海,焦急地说:"先去洗洗,换件衣衫。"

邵曾海摇摇头说:"不换了。反正也不想去。"

邵曾海说完径直走进堂屋。地上,是来请他的两位客人带来的稻米、猪肉、鸡鸭还有礼饼。两位客人看到邵曾海,互相对视一笑。那笑容好像在说:没错!正是传说中的"曾海师",生活邋遢,衣衫褴褛,裤口经常忘系,拖鞋左右不分还经常插在腰间,如济公一般用手搓垢,喜欢在田野山间、庙前树下拉着大广弦,扯着嗓子,散漫而又深情地唱起歌仔。看来我们俩不虚此行,没有白等一整天,这次确实见到了正头香主——歌仔江湖的大仙"曾海师"。

应该说，邵曾海叮嘱吴和贵的话，确实奏效了。吴和贵在南靖都美村和马公村的子弟班教戏时，无论是谁问起邵曾海谱写的"杂碎调"叫什么名字，他一律讲，调是"改良调"，戏是"改良戏"，作者是"曾海师"。官厅的人听完后发现新戏与以前的歌仔调不一样，演奏的乐器也没有台湾的大广弦、壳仔弦、月琴和台湾笛，于是就采取睁一只眼闭一只眼的默许态度，何况都是本地人，自己也爱听。

摸清了官厅的脉象，歌仔戏的艺人们一下子看到了新生和希望，吴和贵还把南靖都美村和马公村子弟班里最出彩、挑大梁的几个名角召集在一起，组建了一个"都马班"，走乡串社地教戏演戏。改良后的歌仔戏大受欢迎，各地的子弟班也如雨后春笋，蓬勃而生，于是会教戏的师傅，瞬间都成了最抢手的座上宾。来请邵曾海的这两个人，是龙海一家名叫"笋仔班"的歌仔戏班大班主和二班主，此行的目的是月港做"七月普度"时请戏、斗戏的事。

每年要进行一个月的"七月普度"，是闽南最大的岁时节令，从初一开地狱门一直到三十关地狱门，村社人家要轮流做普度，为他们称为"好兄弟""门口公""老大公"的孤魂野鬼做法事，烧纸钱，请大戏，在宽容和悲悯中，祈求他们不要来"捉替死"，而是打破地狱之门，让这些鬼魂由正道回归人间。人们想象的，并不存在的鬼魂"好兄弟"可能会害我们，但我们却要取悦他们，帮助他们，这就是闽南人世代相传的以德报怨、化怨为和的精神，因为他们相信，人，生而平等；乞丐，也有一天会中状元的。

每年的这场"七月普度"，漳州最繁华的月港都要演打城戏、送王船、摆宋江阵、设讲古场，而豪绅、富贾请来的各地名班，南音、北管、梨园戏、布袋戏、高甲戏、歌仔戏，不同曲种轮番上演，堪称闽南民间艺术的群英会，而相同曲种唱起来的对台戏，斗戏的过程观众如潮来潮往，斗戏的输赢更关乎着戏班的声望和生计。

笋仔班的两位班主开宗明义，他们听说南靖的都马班要来唱改良的歌仔戏，而身兼班主的教戏师傅吴和贵与邵曾海是好兄弟，都来自厦门的明月班，演出的新编"杂碎调"《六月雪》，就出自邵曾海之手，所以他们干脆直接来请邵曾海教戏，准备与都马班斗戏。

两位班主的诚恳，反倒勾起了邵曾海的戏瘾。一想到要教一个新班学戏，学成了然后去与自己好兄弟的戏班斗戏，邵曾海非但没有觉得尴尬、对不起朋友，反而觉得这是可以一试的大胆尝试，新戏新调观众认不认可？哪里还需要修改和提高？不同戏班不同唱法哪个更好？都能在这场"七月普度"的月港斗戏中得到答案。

原本发誓终生不再碰歌仔戏的邵曾海，当场答应了他们的请求，并且说："教戏可以，支持你们唱一次对台戏也可以，但，不必非得唱同一个剧目，他们唱《六月雪》，你们唱《李妙蕙》，一悲一正，看看到底谁的戏台下观众多。二位意下如何？"

本想讨碗饭，结果施主还送个菜，两位班主简直是大喜过望，把头点得如小鸡啄米，请求邵曾海向家里人交代一下，明早就动身。

邵曾海说："夜路凉爽些，宜早不宜迟，这就赶路。"

邵曾海草草地洗了一把脸，换上一身干净衣衫，带上新调的《李妙蕙》曲谱，连晚饭都没吃，就跟笋仔班的两位班主走了。

看着邵曾海远去的背影，曾垵惠委屈地流下泪来。

曾阿姆说："不疯魔，不成活。不入戏，不成谶。"

为了斗戏获胜，笋仔班在邵曾海的身上押了大注，一日三餐奉为上宾,每月薪俸四十大洋。每次月底邵曾海把银批寄回丹宅家里的时候,曾埭惠手捧着白花花的银洋,都惊得不敢相信这是真的。要知道,绝大部分人家,一个人一个月的花销也就是两元左右;一年前她跟着邵曾海在厦门开鱼档,一天只能赚上几角钱。

闽南人的心胸,是始终面向大海的。历朝历代的海禁,迫使闽南人把港口悄悄地转移到位于九龙江出海口的漳州月港。自明朝以来,月港就已经代替了厦门港、泉州港,成为海上丝绸之路的重要商贸口岸。月港原来名叫巨镇,因为其通航港道从月溪一直到海门岛,外通大洋,内连山河,形状宛如一弯新月,所以后来人们称其为月港。

民间的商船贸易,走私偷渡,虽然是九死一生,但总体说利大于弊,所以无论官府怎样极力严查打压,人们依旧是前赴后继,冒死出洋,商贸番货。大利所在,民不畏死,是千古不争的事实。到了明朝成化年间,月港一带就已经是街市繁荣,店铺遍地,商贾云集。两岸处处可泊船,家家有番货,交易的都是外洋的物品。闽南出洋的人,都从月港出发,许多人赚得钱后,起厝修祠,出手阔绰。他们起帆出洋,如同内地人上城、赶圩、逛集市一样。

繁忙的月港,每年到了闽南人最看重的"七月普度"的这一个月,却是千帆归港,桅杆不动,人们忙着祭祖先,拜妈祖,送王船,热热闹闹地歇上一个月,报答神明和祖先的保佑之恩,祈求今后的远航一帆风顺,平安如意,生意兴隆。

时间到了1939年的7月,日伪侵扰统治下的月港,昔日的繁华早已不在。尽管已经进入"七月普度"的岁时节庆时节,街巷里、码头上非但没有一点热闹的氛围,反倒显得空气沉重,仿佛一切都被一种无形的悲恐情绪压抑着,压得人喘不过气来。毕竟是"七月普度"到来了,街角码头的行人比往日稍稍多了些,但每个人的脸上都写满了恐惧和惊慌,大家都匆匆赶路,唯恐有什么可怕的事情发生,灾难落在自己的头上。白天的宋江阵被取消了,傍晚的打城戏、送王船也简单至极,草草地收了场。月港一下子冷清了许多。

码头的两端,各搭了一座戏台,两座戏台相对,相距百米左右,彼此都能看见。一边是被富贾请来的吴和贵组建的都马班的戏台,唱歌仔戏《六月雪》;一边是被船商请来的邵曾海教戏的笋仔班的戏台,唱歌仔戏《李妙蕙》。一场好兄弟之间的对台戏,就这样,在有钱人的刻意安排下,在台下稀稀疏疏的观众面前,开场了。

　　一起走上台阶顶,左边鼓,右边灯,
　　这间佛殿真好景,中央又点一盏灯。

都马班这边的《六月雪》刚刚亮相,笋仔班这边的《李妙蕙》也是文场弦笛,武场锣鼓,先后起奏开场——

　　谢启气得嘴嘟嘟,奴才说话绝六牛,
　　有人娶某做乌龟,没人娶某做大舅。

吴和贵这边的《六月雪》唱道——

　　三人被押作一群,真像张网抓鹌鹑,
　　同生同死好缘分,铁绳绑我没绑君。

邵曾海这边的《李妙蕙》唱道——

老生见银对伊笑盈盈,
踏着这跳板癫狂癫,
凭我花言巧语甲伊拐骗,
会成不成总是凭你的缘。

都马班的《六月雪》唱道——

难！难！难！为女难哉为女难,为女一世守孤单。
不是我身心急慢,因为我身有配查埔人。
因为逃难走四散,不知走西还是走东？
阮倒还不识他是哪里人,只道我那里剪发入尼庵。
惊了他下日仔会来反这层,来到尼姑庵会要讨人。

笋仔班的《李妙蕙》唱道——

点灯结彩闹葱葱,双双对对入洞房,
生在眠床殊殊等,不见怜香探花人。
罩这红绫下会乌暗暗,
自己掀起来会恰轻松。
绣枕香,烛影红,眠床前八卦金当当,
灯光照出可爱的人。
看伊生作英雄眉,准象丹凤眼,

> 齿白嘴唇红，不是扑粉胭脂面，
> 日照莲花别样红……

这是一场好兄弟之间的对台斗戏。请戏的不知道，看戏的不知道，但邵曾海与吴和贵早就知道了。

邵曾海与吴和贵在私底下已经沟通好，《六月雪》和《李妙蕙》，一悲一正，让邵曾海新编的两个剧本同时上演，让邵曾海新谱的"杂碎调"同时唱响，由观众来检验改良后的歌仔戏的优劣。他们还约定好，等两部戏落幕时，如果演出效果好，观众反响强烈，就同时在谢幕时高唱《抗倭寇歌》和《送壮丁歌》，点燃民众抗日救亡的怒火，激起百姓投身抗战的热情。

演出效果比邵曾海与吴和贵预期的还要好。观众从一开始的稀稀落落，到后来的人头攒动，已经把码头广场挤得水泄不通。两个戏台下的观众连成了一片，只有根据人们脸面朝的方向，才能分清是哪个戏台的观众，可是观众们一会儿面向《六月雪》，一会儿面向《李妙蕙》，定幕戏的引人剧情，"杂碎调"的优美旋律，一时间让人们目不暇接。

过了很多年之后，看过这次歌仔斗戏的观众都说，那是他们看得最过瘾的两台歌仔戏，那"杂碎调"的韵味，绕梁三日！

谢幕时，群情激奋的观众久久不肯离去，强烈要求演员上台返场。邵曾海与吴和贵感觉气氛已经烘托到位，都马班那边的吴和贵率先上场，演唱起了《送壮丁歌》。

吴和贵的演唱刚到高潮，笋仔班这边的邵曾海就拉响了大广弦，亲自上场演唱《抗倭寇歌》——

滚！滚！滚！死日寇。大家起来打日寇！

有的做前锋，有的做后盾。万众一心打日寇！

滚！滚！滚！死日寇。万众一心打日寇！

本来就是源自流传于闽南民间的曲调，台下的观众听了几句就会唱了。看着台上激愤演唱的邵曾海，全场的人和他一起高声唱起了《抗倭寇歌》，台上台下，瞬间成了歌仔的海洋。

事闹大了，请戏的富贾船商当时汗就下来了。

这还了得，暗中监视的汉奸立马就往台上冲。

人群骚乱成一团。还在激动亢奋、热血澎湃中的邵曾海与吴和贵，背上自己的大广弦，在观众们的掩护下，穿行在人群之中，成功躲开抓捕的汉奸，并在事先约好的地点会合了。

10

当天连夜，汉奸特务们就开始了抓捕邵曾海、吴和贵的行动。他们俩跑了，都马班和笋仔班却让汉奸特务们审查了个底朝天。最后，根据两个戏班人极不情愿的应付描述，日伪统治下的官厅方面发布通告，悬赏缉拿邵曾海与吴和贵。布告上的邵曾海，被描画成了一个乞丐一般的背着大广弦的流浪戏子。

那个年代的闽南一带，类似布告上面描画的邵曾海的形象，大街小巷，庙社乡间，随处可见。他们都是乞丐，他们都拉着弦子，他们都会唱乞食仔一类的歌仔。嫌疑人被抓进来一批又一批，审了一拨又一拨，结果都像邵曾海，又都不是邵曾海。

乞丐们发现被抓进来后，不用再为吃住奔波犯愁，于是一传十，十传百，纷纷主动前来"投案自首"，公署衙门门前，乞丐排成了排，都说自己是正宗的邵曾海。至于审讯和毒打，反正在外边乞讨的滋味也比这里强不了多少，忍一下都能过去，先把肚子填个半饱才是真的。一时间，仿佛闽南人人都是邵曾海，人人又都不知道邵曾海是谁。汉奸特务们一度怀疑是不是真有邵曾海这个人物的存在。

邵曾海，终于成了和刘三姐一样的谜一般的神仙人物。

邵曾海对吴和贵说："估计现在我本人去自首，也得说我捣乱，被他们轰出来。我自己咋证明'我是我'？"

吴和贵笑着说："邵曾海自己证明不了自己是邵曾海。咱俩一起去，官厅的人得说，谁都可能是，唯独你们俩不是。滚蛋！"

两个人说完哈哈大笑，直到笑出了眼泪。

笋仔班是回不去了，惹了这么大的祸，邵曾海最后一个月的四十大洋薪俸，当初讲好的斗戏之后的赏封，全泡汤了。

幸亏吴和贵事先想好了退路，要是官厅反应过激，前来抓人，咱们就分头逃离，在龙溪会合后，投奔那里的社会服务处。吴和贵说的社会服务处，是尚未被日伪统治的龙溪政府成立的社会组织，为了加强在抗战方面的宣传，曾到都马班来过，邀请他们一起加入，据说已经有宝莲升、金丽华、新来春等十三个改良戏班加入该处。当时因为都马班收入不错，也没当场答应去还是不去，说看看再议。现在看来，为了宣传抗战，他们必须加入龙溪社会服务处了。

论起歌仔业务，吴和贵不是邵曾海的对手；论起想事周全，邵曾海得是吴和贵的徒弟。两人也因此，珠联璧合，相得益彰。

邵曾海说："阿贵，你带着都马班的人去吧！我……"

吴和贵说："你，你不能回丹宅。你想想，出了这么大的事，汉奸特务抓不到咱们，不得把丹宅、都马乡的都美村、马公村都布上暗哨和眼线啊！这时候回去，就是自投罗网！"

邵曾海说："阿惠怀有身孕啊！我得回去照顾她。"

吴和贵说："这样吧，我安排一个鬼机灵，先去丹宅帮你打探打探,看看那边什么情况,确认安全之后你再回去。"

邵曾海看着吴和贵,跟他和都马班去了龙溪。

秘密前去丹宅打探情况的人,迟迟不见踪影。

邵曾海在已经更名为"抗战剧社"的都马班,白天教戏排戏,晚上创作剧本。就是在这一段时间里,邵曾海把传统剧目《庄子试妻》《白扇记》《陈三五娘》《白蛇传》《安安寻母》《李妙蕙》改编成了歌仔定幕戏剧本,并根据抗清英雄的故事,写出了新剧本《战地啼冤》。出自邵曾海之手的歌仔戏剧本,文辞唱腔雅洁,闽南韵味浓厚,特别是地方方言的巧妙运用,唱词内容和唱腔韵调的意境搭配,达到了词情和声情和谐统一,非常感动人心,深得戏迷喜爱。歌仔戏改良版的独特风格,就是在这时由邵曾海奠定的。

自古手艺人不愁饭吃,一技在身,走到哪里都能糊口,何况在龙溪一带,这个村村都有子弟班、人人都会喊两嗓的戏窝子,能编会曲,能演会唱,江湖人称"曾海师"的邵曾海,自然是被奉为上宾的。邵曾海依照台湾和厦门的做法,把写好的歌仔戏剧本,连词带谱印成歌仔册,分发给吴和贵抗战剧社的所有演职人员。这样,演员、乐师排练起来得心应手,他教起戏来也方便许多。

听到抗战剧社有现成歌仔册的消息,而且是曾海师新编的定幕戏,周边各个村社的子弟班、歌仔社,都来索要剧本。

吴和贵问邵曾海:"给他们吗?"

邵曾海忙着赶新剧本:"给啊!"

吴和贵说:"没印那么多呀!"

邵曾海继续低头写作:"你说让他们出钱印,他们肯吗?"

吴和贵一拍脑门:"这次是我番仔愚了。"

两人正说着,去丹宅打探情况的那个人回来了。那个人说,斗戏之后的那几天,是有一两个探头探脑的人,在曾家大厝的前后左右来回走动,后来可能是因为迟迟没有看到曾海师回去,日本人在抓一个蛊惑民心的戏子这件事上没那么上心,一点赏银都没有,也没死死抓住这事不放,所以汉奸特务来过几次后,就不来了。曾海师的老婆和岳母,除了整日提心吊胆,日子过得还算柴米不缺。

听到这些,本该高兴的邵曾海,一下子把手中的笔扔到桌子上,假装失落懊恼地说:"看来戏子的脑壳,是真不值钱啊!"

吴和贵摸摸自己身上,找出仅有的两块银圆,抓过邵曾海的手,惭愧地放在他的手心:"我就这些了,赶紧收拾收拾赶路吧。"

邵曾海把银圆还给了吴和贵,拿过一把六角弦:"这钱,还是留给刚刚搭班的抗战剧社吧。授人以鱼不如授人以渔。唱戏的有了这宝贝,走到哪里,都有饭吃,都有钱赚。"

吴和贵说:"看人是好是歹,你的眼光从来不错。路上躲着点那些七七八八吃卖国饭的人,尽量早些往家赶。"

邵曾海收拾着简单的行装,最后把写好的歌仔戏剧本放在怀中:"莫担心。我沿途一路教戏传戏,饿不着。"

吴和贵说:"时局动荡,戏就别教了,安全要紧。"

邵曾海说:"咱闽南人爱听歌仔戏。国破家亡,再不让他们听到歌仔戏,我们真的连魂都丢了。你知道,我的母亲是为啥死的。日本人不让咱们有自己的文化,我们就有义务把歌仔戏传下去,世世代代守住自己的根脉。祖师爷告诉过咱们,戏,比天大!"

邵曾海告别了吴和贵,还有刚刚组建的抗战剧社,踏上了从龙溪赶往丹宅的路。真如邵曾海所想,在闽南这个歌仔调的起源地,歌仔戏是有广泛的群众基础的。尽管是抗战时期，这里的人不但根深蒂固地喜爱歌仔戏，有的村社，依旧还有自己的子弟班。

邵曾海顺着回家的路走，一遇到村社，就打听这里人听不听歌仔戏，有没有子弟班。村社里的人一听是名传闽南的曾海师大驾光临，先是不相信自己的耳朵，我们没听错吧？人们看着眼前这个乞丐一般的流浪艺人，我们没看错吧？待到确信无疑后，立刻好酒好菜伺候，然后请进祠堂庙观，搭台听唱歌仔戏。有子弟班的村社，都极力挽留邵曾海留下教戏，给的钱虽然不多，但邵曾海知道，这已经是他们倾其所有了。为了防止坏人告密，来抓邵曾海，村社里的乡贤严厉正告乡亲们，严守秘密，封锁消息，并派出身强体壮、办事机灵的男丁在村口把守，可疑人员一律不得进村听戏。

就这样，邵曾海走过一个村社，演唱一台歌仔戏，遇到一个子弟班，教唱一部歌仔戏，走走停停，教教唱唱，把自己新创的"杂碎调"、新编的歌仔戏，像播种一样，撒了一路。

等邵曾海回到丹宅的时候，已经快三个月过去了。他的腰包里，多出了几十块银洋；他的曾坯惠，刚刚给他生下了第一个儿子；他的阿梅姐，竟然有批从台湾的宜兰寄到了丹宅家里。

阿海吾弟好！见字如面。

鹭岛一别，匆匆两度春秋。明月班过番到达吕宋后，与水仙班蔡恭班主和小妹泰雅顺利会合。几天之后，我们有幸遇见华侨领袖陈嘉庚先生，得恩人资助，明月班和水仙班遂合为一班，返回台湾宜兰后，又更回母亲生前的原名——宜兰班。因日寇魔爪已经伸遍整个东南亚，所以歌仔戏在哪里都被迫噤声，举步维艰。宜兰班此时在台湾乡间,因日本人鞭长莫及,无暇追查,加之歌仔戏深得民间百姓喜爱,故可勉强维持。猜想歌仔戏在祖国大陆,可能也是危运重重,灭顶之灾亦可想到。与阿爸还有联络吗?阿公身体如何?我和承启君已成婚,不知阿海弟和阿惠妹成亲没有?目前在哪里过活?还有唱歌仔戏否?姐姐甚是悬念。代我问阿爸、阿公、曾阿姆、阿惠、吴和贵好!

随批附洋银二十四元整,望查收。

天水相隔,永昼遥望。盼!早日收到回批。切切!

民国廿九年立秋日阿梅姐于宜兰

手捧阿梅姐的银批,邵曾海的眼睛仿佛越过了宽阔的海峡,思亲的愁绪湿湿的、咸咸的,泪水和海水交融的滋味,瞬间涌上心头。两年了,这是他收到阿梅姐的第一封批。两年来,他的心就像飘摇在风浪里的一叶舢板,上下起伏,左右摇摆,唯一没有动摇的,就是对远方亲人的思念。他的心底天天在追问,阿梅姐,师父师母,你们在哪里?你们到吕宋了吗?你们还好吗?还在唱歌仔吗?

"是批局从厦门转过来的。"曾坯惠把批封递给邵曾海,那上面清楚地写道:此地无人收批请转至漳州浮宫镇丹宅社。

邵曾海看着批封上的字,又看看批上的日期:"这封批,漂洋过海,在路上兜兜转转,走了快四个月了。"

"快给阿梅姐写回批吧!争取春节前让她收到。"曾坯惠已经给邵曾海准备好了纸和笔,"阿梅姐都得等疯了。"

邵曾海看了一下纸笔,对曾坯惠说:"阿惠,麻烦你研墨,找红纸，我们用毛笔给阿梅姐写回批。"

曾垵惠找纸研墨的时候，邵曾海仔仔细细地洗了手，恭恭敬敬地拿起笔，对曾垵惠说："阿惠，你说，我写。"

曾垵惠看看邵曾海，抬头向着台湾的方向，说道——

阿梅姐，您好！

我是阿惠，现在是阿海的老婆了，您的弟媳妇。我刚刚给您生个大侄子，您见识多，给取个名字吧。

您和明月班过番后不久，我就去了厦门找阿海。我到厦门后一个多月，阿公就害痨病故去了。坏人要抓阿爸，没抓到，就把阿海抓去坐牢。吴和贵找人疏通，总算把阿海救了出来。阿海出狱后，我们就回到了丹宅乡下。我们始终没有阿爸的消息。阿梅姐，告诉您一个您和师父师母听了都高兴的事，因为禁戏，不准唱台湾的七字仔，阿海就搜集锦歌小调，新编了歌仔曲调，名字还是我取的呢，叫"杂碎调"，可是好听，这里的人都爱听，官厅他们也禁不了。

阿梅姐，您和承启姐夫都好吗？还有师父师母他们，也都好吧？你们何时回来？我们想您……

曾垵惠说到这里，已经泣不成声。邵曾海的泪水滴落在红色的信笺上，无声地浸晕开来，恰似几朵盛开的墨梅。

11

邵黄梅没有收到来自大陆的回批。

沿着台湾岛绵长的海岸线,思亲情切的邵黄梅和陈承启不知走了多少遍,向大陆眺望多少回。他们想知道,是"家书抵万金"的银批根本就没能寄出台湾岛,还是跨越海峡时沉入了大海;是弟弟邵曾海根本就没有收到姐姐邵黄梅的问讯,还是他的回批寄不出大陆,抑或是遗失在了茫茫海天之间。虽有涛声鸥鸣,却道谁人能懂?

等到邵黄梅得知漳州南靖的都马班来台演出的消息时,已经是1946年的春天了。那一年的春天,是全民抗战胜利后的第一个春天,是台湾摆脱日本殖民统治后的第一个春天。海峡两岸,人头攒动,浪稳风顺,千帆高悬。人们尽管有的自西向东,有的从东到西,但心却朝着同一个方向,寻找离散亲人,尽快骨肉团聚。

邵黄梅在寻找都马班,都马班也在寻找邵黄梅。

抗战胜利后,随着时代的变迁,龙溪抗战剧社更名回原来的都马班。都马班去泉州演出之前,班主吴和贵找到了正在家乡丹宅子弟班教戏的邵曾海,商量一起东渡台湾演出的事宜。

吴和贵说:"曾海师,马上就到演出的淡季,我们去台湾闯一闯,传传戏,找一找明月班,找一找阿梅、承启和师父师母他们。"

邵曾海说:"你叫什么曾海师,还叫我阿海。"

吴和贵说:"不可不可。你现在可称得上是一代宗师呢!"

邵曾海说:"什么一代宗师,我就是一个生逢乱世的戏子,一个可以没有饭吃,但不能不唱歌仔的戏疯子,一个可以任人欺辱,但决不允许别人糟蹋歌仔戏的戏癫子。"

吴和贵说:"真正的大师,都是敬畏和自谦的。说的就是你。身处乱世风云,不忘传承创新。歌仔戏,是你的梦想,你的快乐。"

"太过誉了。"邵曾海说,"过台湾,你是怎么打算的?"

吴和贵说:"戏子不是神仙,也得吃饭。我想把你的"杂碎调"传到台湾去。一是在台湾的演出市场上试试水,看看台湾观众喜欢不,能不能赚到钱;二是寻找阿梅、承启和师父师母他们……"

"那么大的台湾,能找到明月班吗?"邵曾海打断了吴和贵的话。

"有什么找不到的。你听我讲完啊。三是我们这边缺少女的旦角,到了台湾,我们可以请几个像阿梅姐那样出色的女艺人,壮大我们都马班的演出阵容。这也不正是你日思夜想的嘛!"吴和贵说。

"把我那位嫡传弟子陶招治也带上吧!让她也见见世面。"

"好!别看招治才六岁,还是女娃,将来必是小生名角。"

"台湾的歌仔戏,经过师母陈嘉安的改编,戏文是很美、很有诗意的。我读书不多,只能让唱词和念白尽量口语化、通俗化,更接近闽南民间大众的说话方式。真不知道师母和观众看后会是什么感受。"邵曾海担心他的新戏,能否得到认可。

"虽然台湾歌仔戏说唱的是厦门音,不漳不泉,但亦漳亦泉。戏曲，应该是各美其美，美美与共的。"吴和贵信心满怀。

邵曾海与吴和贵一拍即合，却不知道曾垵惠的心里是啥想法。

常年走南闯北，被各地的戏班请去教戏，是邵曾海的常态。改良的"杂碎调"谱成之后，由于能应对官厅的禁戏，广受观众欢迎和喜爱，来请邵曾海教戏传戏的戏班就更多了。出去教戏，钱是赚得多了，可常年不在家，家里的一切，就得全靠曾垵惠一个人。尤其是又添了儿子，岳母曾阿姆这几年因为总提心吊胆，身体也一天歹似一天，所以曾垵惠每天就更劳累了，人也瘦弱了许多。

邵曾海一点一点对曾垵惠透露过台湾的打算。通情达理的曾垵惠想都没想，当时就答应了："去！八年多了，海天相隔，总算把小鬼子打跑了，台湾也是咱们的了，歌仔戏也能尽情唱了，凭啥不去！过台湾，祭母亲，寻亲人，找师父，传歌仔，这是你的梦啊！"

"我担心娘和你，还有孩子。本来是因为家里没有男人，招赘我到曾家，可我，又常年不在家。"邵曾海满心愧意。

曾垵惠抱住邵曾海，自豪地说："我是闽南闻名的曾海师的老婆，我骄傲。家里有我，娘和孩子，你不用牵挂。"

"我到了台湾，就寄批回来。"邵曾海说。

"阿海哥，你放心去吧！我知道，我嫁给了你，可你是把一生许给了歌仔戏。到了台湾，替我在婆母的坟前磕几个头，告诉她，大广弦还在，歌仔戏还在……"曾垵惠的泪水，浸湿了邵曾海的肩头。

曾垵惠把那把大广弦，背在了邵曾海的肩头："这把大广弦，一定要带上，让九泉之下的海榕仙，我的婆母看看，歌仔戏，后继有人，一定会一辈一辈传下去的。"

"只要有闽台人的地方，就一定有歌仔戏，一定有。"

曾埯惠带着孩子，背着一个，拉着一个，送了一程又一程，直到邵曾海身背大广弦的背影，消失在视野之中。

惠安的春节赛会刚一结束，都马班的全班人马连漳州都没回，等邵曾海赶到后，立刻从泉州登船，直接过了台湾。

物以类聚，人以群分。虽说是偌大的台湾岛，但歌仔戏艺人寻找起歌仔戏艺人来，还是极其容易的。都马班到台湾后，不到半个月时间，就在宜兰县野台演出时，见到了前来寻找他们的邵黄梅，后面，是陈承启、黎泰雅、陈嘉安、黄炎祖、蔡态等宜兰班的所有人。

是相拥的喜极而泣，是心中的万语千言。对于苦苦等待团聚的歌仔戏艺人来说，接风的宴席，团圆的美酒，都抵不过大幕拉开，琴弦奏响，尽情演一台家乡的歌仔戏。因为那里面，有闽台人千载不改的乡音；因为那里面，是闽台人万古不散的乡愁。

宽阔的戏台搭起来，描金的对联贴了三层——

我当演之，君且观之，人生似戏；
花开谢也，月满亏也，世事如流。

三五步行遍天下，顷刻间千秋事业；
六七人百万雄兵，方寸地万里江山。

常牵红线揽台柱，粉墨登场演人间曲直；
遥剪白云成戏装，衣冠教化关天下兴亡。

舞台上方的横幅上,赫然写着"闽南都马班"五个大字。

在宜兰最大的妈祖宫广场,新编"杂碎调"歌仔戏《陈三五娘》起弦鸣锣,邵曾海、邵黄梅、陈承启粉墨登场——

莲枝拆断会牵丝,骨肉亲情拆不离。
若到崖州的住址,紧紧写批来通知。
…………

《陈三五娘》的剧情,是发生在闽南的真实历史故事。千百年来,一代又一代的艺人,在不同戏曲种类的舞台上,无数次深情地上演着。艺术,让这个久演不衰的故事,赋予了传奇的色彩。

闽南泉州的书生陈伯卿,俗称陈三,在随兄嫂去赴任时,途经潮州地界,邂逅了黄九郎的女儿黄五娘。二人一见钟情,陈三求婚时,与当地武秀才林大鼻子发生了纠葛,故事虽几经波折,陈、黄最后终成眷属。为了追求美好的爱情,为了得到浪漫的自由,陈三隐瞒了一介书生的身份,甘心为奴整整三年;黄五娘敢于与封建礼制决裂,并与心爱的人私奔,表达了与命运抗争的精神,寄托着对美好爱情的向往。故事结尾处,元兵攻入泉州之后,大开杀戒,陈家宅院被官兵团团围住,放火焚烧。陈三和五娘,双双投井殉情。

一段刻骨铭心的爱情故事,一个生死与共的凄美结局,总给人以美好的享受,让人观后为之动容。虽然是熟悉的剧情,但全新又充满故土味道的"杂碎调",让历经半个世纪日本殖民统治,被压抑已久的台湾民众,一下子在剧情和曲调中,找到了乡愁的慰藉,自由的畅快,所有的情感都在瞬间获得了酣畅淋漓的释放。人们惊喜,终于又能看到这么纯正的、没被日本人糟蹋的歌仔戏；人们惊叹，分隔在两岸这么多年的歌仔戏艺人，竟然不用对调就能同台搭戏，珠联璧合，浑然一体，天衣无缝。真是血脉同源、文化同根啊！

邵曾海的"杂碎调"，就这样一路从大陆唱到了台湾，从宜兰唱到了台北。观众看戏时，并不知道"杂碎调"这个歌仔行的专业名字；学戏请戏的，只是觉得新颖好听，也没细问这个新调叫什么。他们看见戏台上悬挂的"闽南都马班"横幅，于是都私下称这个曲调为"都马调"。谁知，一传十，十传百，台湾的歌仔界和广大观众，都认为这个曲调叫"都马调"，"杂碎调"这个名字，很少有人知道。

"杂碎调"到了台湾变成了"都马调"。邵曾海听后微微一笑："叫'都马调'就叫'都马调'吧，人们喜欢就好，名字没所谓的。"

相逢的喜悦，让陈嘉安的病情好了许多。

从吕宋回到台湾这七八年里，日本对台湾实施军事统治，全面管理，迫使台湾人民的一切生活日本化，他们强硬推行"皇民化运动"，把歌仔戏糟蹋得一塌糊涂，衰落不堪。宜兰班被逼迫改演所谓的"台湾新剧"，他们心里别扭，于是派专人看门望风，偷偷为台湾民众演歌仔戏，发现日本人来了，赶快换上西装、和服，演"台湾新剧"；有时干脆就穿着西装、和服，演的却是《狸猫换太子》的故事，只不过在念白、唱词上，把朝廷改成公司，把皇帝改成董事长，把丞相改成总经理，把衙役改成警察或保安，新瓶装陈酒。

蔡忝班主带着原来水仙班的几个人，冒着生命危险到乡下偷偷演出赚钱，可演出的内容和形式，已经不是陈嘉安力主的定幕戏，而是一夜之间把歌仔戏打回原形，又倒退到了幕表戏的老路子上，观众们看后哈哈大笑，这不还是当初的胡撒子戏嘛！

常年的颠沛流离，歌仔的尴尬境遇，艺人的举步维艰，心中的愤愤不平……陈嘉安痛心不已，她一支接着一支地吸烟，然后剧烈地咳血，终于日重一日地病倒了，患了肺结核。

全民抗战的彻底胜利，日本强盗滚出了台湾岛，邵曾海、吴和贵带着都马班的赴台演出，歌仔戏"杂碎调"的成形，让陈嘉安看到了徒弟们的才华和智慧，看到了歌仔戏在坎坷生存之路上的巨大生命力。

听着邵曾海演唱的动听的"杂碎调"，陈嘉安知道，那里面有闽南锦歌的优美，有民间车鼓弄的欢畅，有闽台两岸人民郁结于心的浓浓乡愁。这是歌仔戏在万马齐喑后释放的满腔激情；翻看邵曾海新编的歌仔戏剧本，陈嘉安欣慰，那里面的口语化的念白，通俗易懂的唱词，闽南民间的方言俚语的巧妙运用，既符合了定幕戏的结构，又拉近了与普通观众的距离。歌仔戏，必将赢得新生。

邵黄梅和陈承启拿着厚厚的一沓请柬，来到了陈嘉安的床前："师母，宜兰、基隆、新竹、桃园，还有台北，都来请戏了！"

陈嘉安接过请柬，一下子坐了起来，气也不短了，脸色也好了。她看看身旁的黄炎祖："老公，我们去台北？"

黄炎祖看着精神旺盛的陈嘉安："走！去台北。"

陈嘉安看看吴和贵鼓鼓囊囊的上衣口袋，知道里面是他带来的闽南土烟："还不拿出来，孝敬孝敬师母。"

这闽南土烟，是吴和贵准备孝敬师母的。到了台湾之后，看到师母患病在床，就没拿出来。他为难地看看师父："这？"

"给她吸一支吧。"黄炎祖无可奈何。

一支家乡的土烟，被点燃了。陈嘉安深吸了一口，慢慢地吐出烟雾，脸上，露出红润的颜色，还有孩童般满足的笑意。

12

"台北也来了都马调！快去抢票咯！"

报上一则《大陆歌仔戏登陆台北，新编都马调风靡全岛》的消息，让期待已久的台北市民奔走相告，欣喜若狂。

从清明节当日到农历三月二十三妈祖诞辰，在台北最大的戏院，都马班、宜兰班联袂打造的新编歌仔戏《郑元和》，连续演出整整二十天，场场爆满，一票难求。妓女李亚仙义薄云天、乞丐郑元和高中状元的传奇故事，新编都马调的神奇魅力，定幕戏唱词的文雅，闽南家乡话的亲切，一切的一切，都让台北观众耳目一新。

观众的喜爱，直接带动了演出市场的火爆，一些刚刚复苏的老歌仔班，正愁没有什么新剧目可演，突然间看见都马调歌仔戏这么受观众喜欢，于是纷纷来找邵曾海，请教戏，求剧本。

邵曾海征求师父师母的意见。陈嘉安说："我们都是靠歌仔戏吃饭的艺人，原本就是一个祖师爷，去吧！别保留。"

这以后的时间里，都马调创始人曾海师、歌仔戏皇后邵黄梅的大名，传遍台湾岛。歌仔戏艺人都因能成为曾海师的传人而感到骄傲，广大观众都因能一睹歌仔皇后的芳容而感到满足。忙碌中的姐弟俩，都觉得到台北当天就去给妈妈扫墓是明智的选择。

那是清明节的前两天，宜兰班和都马班刚到台北还没等安顿好，邵黄梅和邵曾海就背着大广弦，赶到了金宝山林海榕的墓地。

一把大广弦，无声地摆放在林海榕的墓碑前，那是她生前无数次拉响过的大广弦，那是她与命运苦苦抗争的绝响。

一束白菊花，圣洁地盛开在林海榕的坟头上，那是她一双儿女对母亲的深深思念，那是歌仔传承后继有人的绽放。

从五岁那年母亲把他寄养在曾家去寻失踪的姐姐，到此刻跪在台北金宝山母亲的坟前，二十七年过去了，这期间，邵曾海再没有见过母亲一面，今天，母亲即使还活着，也认不出已过而立之年的阿海了。邵曾海把头磕得地动山摇，长跪不起，哭声震天。

一旁的邵黄梅，默默地摆好了供品，点燃了香烛。

邵黄梅念叨着："娘，我带着弟弟阿海，来看您了。日本人投降了，台湾又是我们中国人的台湾了。这些年，歌仔戏的命运和您一样，一言难尽啊！但您放心，只要是两岸人民喜欢，我们就会把歌仔戏永远唱下去。阿海比我有才华，他跟我义母学写剧本，还编了歌仔戏新曲调，观众都喜欢，他唱给您听啊！"

邵曾海满脸泪水："娘，您看看这把大广弦。这就是我五岁那年，您离家去寻姐姐时，我从您手中要下的那把大广弦。二十七年了，阿公摔碎过它，日本人践踏过它，伪政府禁拉过它，但我从没离开过它。我在闽南的山海间拉响它，思念您；我在苍生的悲欢中拉响它，怀念您；我在禁戏的暗哑时拉响它，纪念您；我在胜利的人群里拉响它，告慰您。我从没忘，我是歌仔仙林海榕的儿子。我用改良的"杂碎调"与禁戏周旋,让歌仔戏绝处逢生。我要让大广弦的旋律,像血液一样,永远流淌在闽台人民的心间,世世代代,传承不断。"

邵曾海擦干泪水,轻轻拿起墓碑前的大广弦——

姐弟来到墓碑前,声声叫出我母亲,
母亲你怎么叫不应,两个姐弟乎啥人牵成?
姐弟啥人牵成?

含悲蓄愤的"七字哭调",萦绕在林海榕的墓前。邵曾海一曲唱罢,姐弟二人再一次痛哭失声。

不知何时,陈承启和黎泰雅跟了上来,也跪在一旁。

"娘,我是您的女婿,我叫陈承启,也是唱歌仔戏的……"

"阿姆,我是泰雅,您在狱中看着我母亲生下的我。我知道,我和阿梅姐、阿海哥,是同父异母的亲兄妹。"

林海榕和黎蕉妹的墓地并列着,邵黄梅和邵曾海姐弟俩也听师父师母说过他们之间的关系,正当他们惭愧没有给二娘黎蕉妹献花敬香的时候,他们惊奇地发现,在黎蕉妹的墓碑前,不仅有黎泰雅敬献的花篮、点燃的香烛,整个坟茔,早已被鲜花覆盖。黎蕉妹的陵墓,早已有很多人来祭拜过,此刻,仍有手捧鲜花的人陆陆续续赶来。

台湾人民,没有忘记这位誓死与侵略者血战到底的女英雄,这位高山族花木兰和她的所有姊妹。

"这座坟茔里,不仅长眠着我们的二娘黎蕉妹,还有枇杷、芒果、莲雾、杨桃姨和那次所有集体沉河殉国的女英雄。"邵黄梅说。

"娘,所有的姨娘,安息吧!侵略者终于投降了!台湾,今天又是中国人的台湾了!你们的血,没有白流。"黎泰雅说。

姊妹俩的话语在天地间回荡,山风呼啸,海浪轰鸣。

一幕幕火爆的歌仔戏,在台湾各地不落幕地上演着,时间在白驹过隙中来到了1947年2月底。

来台湾一年了,唱戏、教戏的同时,邵曾海时刻惦念着远在大陆的妻儿老小,是该回龙海丹宅了。正好,都马班过台湾,宜兰班也想去厦门演出,变换一下演出地点,两岸艺人互相交流。

师母陈嘉安身体欠安,不便在海上颠簸,师父黄炎祖要照顾师母,所以二人就不随宜兰班回大陆了,幸好,有留在台湾的吴和贵和都马班的人照顾,邵曾海和邵黄梅带着宜兰班回大陆,也算放心。

13

　　邵黄梅、邵曾海、黎泰雅和陈承启，原本打算清明节前再去一次金宝山，献花焚香，祭拜两位母亲，顺便看一下能不能把母亲林海榕的尸骨迁回闽南，但当时台湾急转直下的社会局势，已经不允许做这些事情了，他们必须马上离开台湾，一天也不能多留，刻不容缓。

　　3月1日下午，邵黄梅、邵曾海他们和宜兰班的人，在黄炎祖、吴和贵与都马班人的送行下，二十多公里的路途，一路颠簸来到了基隆港码头。还好，船还有两个多小时才起航。

　　邵黄梅拉着自己的徒弟傅桠枝，小男孩不愧是日后演旦角的材料，温顺得很，邵黄梅没有看错人，尽管是第一次远航回祖国大陆，他的内心激动不已，但一言一行，静若处子。和傅桠枝形成鲜明对比的，是邵曾海的徒弟陶招治，小女孩因为此行是要回闽南家乡，一路上欢呼雀跃，一举一动，动如脱兔。邵曾海看中的，也是陶招治的这一点，所以有意把她培养成小生。

　　陶招治对傅桠枝说："我是女的，师父是男的，所以我学演男的；你是男的，师父是女的，所以你学演女的。将来，我们俩一起登台，演《山伯英台》，我演梁山伯，你就是祝英台；演我师父写的《李妙蕙》，你演李妙蕙，我就是卢梦仙。"

傅桠枝只是安静地听陶招治讲，点头答应，微笑不语。

两对师徒上船了，黎泰雅上船了，陈承启上船了，宜兰班的人，也一个不落地上船了。人头攒动的基隆港码头上，一片嘈杂，空气中咸腥的海风在吹送着一种不安的情绪，乘客们争相登船，都恨不能马上就开船，尽快离开。

若不是事先就已经定好，若不是能买到的船票有限，若不是患病的陈嘉安师母不便远行，站在码头上的黄炎祖、吴和贵，还有都马班的人，都恨不能也一同登船，返回祖国大陆。

站在甲板上挥手道别的邵黄梅，泪水一颗一颗地滴落下来，滴进冰冷的海水里。傅桠枝悄悄地把手帕塞在师父的手里。邵黄梅擦了擦眼角，想再最后看一眼义父黄炎祖，突然发现，刚才还在义父身旁挥动手臂的吴和贵，此刻却不见了踪影。

还有半小时就开船了，她多想再多看一眼这些为歌仔戏奔波的亲人啊！弟弟邵曾海安排好船舱里的事，来到了邵黄梅的身边。

"阿海，师弟吴和贵不见了。"邵黄梅说。

码头上，一个身影在人群中向舷梯闸口挤过来，双手举着几条走私的进口香烟，边挤边喊："阿海！下来拿一下，吕宋烟！"

是吴和贵，这个家伙，在分别的这一刻，也没忘记好哥们儿阿海的这点儿心愿。他看离开船还有一段时间，寻遍码头的商铺，竟然能在这样的节骨眼上，神不知鬼不觉地搞到走私的进口香烟。

"阿贵！这儿，我在这儿，等我下去拿！"邵曾海喊道。

邵曾海刚要下船拿烟,却被邵黄梅一把拉住了:"阿海,你不能下船!看到没?那里,赶来的都是宪兵和警察。"邵黄梅手指处,满满两卡车的宪兵和警察,荷枪实弹,正朝舷梯闸口处赶来。

"他们查出来是你,就麻烦了!我去拿。你千万不能下船。这是美国船,他们不敢上船抓人的。"邵黄梅刚要走,邵曾海的徒弟陶招治说:"师姑,我陪您去拿烟。我人小,跑得快,他们注意不到我。"邵黄梅拉着陶招治,快速跑下舷梯,奔出闸口。

在闸口外,邵黄梅从吴和贵手里拿到香烟后,迅速藏在了陶招治的身上。她刚想感谢一下吴和贵,最后和义父黄炎祖说几句话,谁知,身后一阵骚乱,登船的闸口被宪兵和警察紧急关闭,除持有美国护照的船员和乘客,其余没来得及登船的乘客,即使有票也禁止登船。随后舷梯被立刻收起,轮船紧急起锚离港。

邵黄梅抱住被吓哭的陶招治,望着缓缓离去的轮船,一下子蒙了。她不明白,为什么有船票也禁止登船?船上的邵曾海、傅椏枝和宜兰班的人,还没明白眼前的这一幕是怎么回事,船已经离开了码头。跑到甲板上的陈承启,失神地在码头上人群中寻找邵黄梅的身影,他无论如何也不会想到,他们夫妻俩,竟然是这样,被无情地分隔在了海峡两岸,从此白首遥望,苦问归期。

聪明的陶招治,偷偷地把身上的几条香烟,丢进了海水里。她不能让宪兵和警察搜查到她身上有走私的进口香烟,她祈求海浪能把这几条香烟漂到师父邵曾海所在的船上,漂回祖国大陆。

那几条香烟,静静地漂浮在海面上,越来越远。

邵黄梅就这样被留在了台湾,眼睁睁地看着载着丈夫、弟弟、徒儿和宜兰班的轮船远去,远去。不知何时,嘈杂的汽笛和鸥鸣中传来了邵曾海的大广弦声,那是他要留给台湾同胞的"杂碎调",那是他要留给母亲和亲人的声声思念,还有无尽的遗憾和惋伤……

轮船绕过富贵角灯塔,直奔西南方向的厦门。

台湾歌仔戏宜兰班登陆厦门的消息,随着《厦门时报》刊登的整版广告,迅速传遍整个鹭岛。人们奔走相告,争相目睹台湾歌仔戏花魁黎泰雅、男旦新秀傅桠枝的风采。

翻看报纸的市党部官员郑思明,寻遍报缝也没有发现邵黄梅的名字,虽然心里有些狐疑,但还是决定去戏院看几场台湾宜兰班的歌仔戏,或许,能得知一点邵黄梅的消息,或许,能发现一些别的端倪。歌仔戏花魁黎泰雅,男旦新秀傅桠枝,武生陈承启,郑思明若有所思地放下报纸,反复琢磨着这几个名字。

厦门大戏院,台湾宜兰班的歌仔戏《白蛇传》大幕拉开——

【白素贞】念动咒语共真言,一时山头起朦烟;狂风大作,土粉滔天,黑暗暗,山海难分辨,白茫茫,不知水雾野火烟。雷声隆隆,电光闪闪,大雨归桶淋,山石摇显显,树木倒颠颠,天连地水连天,江水雨水相接连。四方不辨东西南北,上下分不出土地青天。看那个水族在靴操练,个个威风凛凛,勇敢争先,虎鱼先锋手举双宝剑,龙虾将军丈二三叉戟,蟳(xún)将军双枝金交剪,杭鱼元帅单条毒药鞭,目贼提铁链,章鱼水卷放毒烟。

黎泰雅扮演的白素贞,妩媚大胆;日趋成熟的"杂碎调",腔韵饱满,让鹭岛观众既饱了眼福,又饱了耳福。

【许仙】新娘灯，串红光，双喜烛台灿烂辉煌，地上铺落羊毛毯，喜联挂起满厅红。厝边婶姆，少年老翁，碟碟挤挤，相争看新郎。香烟飘荡荡，鼓乐吹上空，人逢喜气精神爽，双双对对入洞房。蚊帐楣，绣金葱，蚊帐钩，扣玲珑，锦被绣褥香贡贡，双双绣枕排一旁。面红耳热人憨憨，又惊又喜心茫茫，色胆开放，掀开红绫看红装，看她嫣然一笑，满面春风，粉皮玉面，和那花瓶放花蕊相映红。

陈承启扮演的许仙，依旧是厦门人熟知的那个俊俏小生。

坐在台下的郑思明想起来了，对，就是他，陈承启，一个有着潘安一般容貌的小白脸，为了他，当年的歌仔皇后邵黄梅竟然不为他郑思明的权势和金钱所动，竟然跟着他这个穷戏子漂洋过海下南洋。那么他陈承启回来了，他老婆邵黄梅呢？离了？嫁给南洋富商了？死了？葬身茫茫大海了？郑思明胡乱猜测着。

想弄清这些事，对于现任国民政府厦门市党部高级官员的郑思明来说，易如反掌，手到擒来。他回到办公室，一个电话打给了《厦门时报》报社社长，报社社长安排了一个专门爱采写花边新闻的记者，没费吹灰之力，就弄清了邵黄梅没能返回大陆的来龙去脉。而且这位记者还给郑思明带回来一个关于邵曾海的重要消息：邵曾海，是前段时间宝岛那起走私案的重要当事人。

对于郑思明来说，这个消息比邵黄梅为什么没回厦门重要多了。上峰几天前下达了任务，严查从台湾返回厦门的所有人员，一经发现相关可疑分子，立即逮捕，速审速讯，严惩不贷。有了邵曾海和陈承启这两条大鱼、纯纯干货，他郑思明飞黄腾达的日子就在眼前。

当然，郑思明绝对不会想到的是，他们的这种飞黄腾达，必须止步于1949年10月17日厦门解放这一天。谁播下情爱谁摘果，谁种下仇恨谁受过。双手沾满人民鲜血的人爬得越高，这一天摔得越狠。历史，会公正地证明这一切的。

邵曾海和陈承启二人，是在随后几天的演出现场被军警们抓走的。当时，邵曾海正在幕后忘情地拉着他心爱的大广弦、"杂碎调"，陈承启正在台上动容地唱着《李妙蕙》中卢梦仙的唱段。军警在演出现场抓走幕后的曾海师、台上的俊小生，顿时引起了剧场的骚乱，观众们惊恐地看着台前幕后这骇人的一幕，宜兰班上演的《李妙蕙》不得不在一片暗哑中落下帷幕。

那个告密的记者也跟着军警来到了抓人现场，临走时，从黎泰雅手中抢去了邵曾海拉过的那把大广弦，回去交给了郑思明。

刑讯，过堂，当邵曾海和陈承启被强行在口供上按下指印、投入大牢中的时候，二人都已经被折磨得奄奄一息。

肺部早有病根的邵曾海，竟然咳出一摊鲜血，喷溅了一地。躺在陈承启的怀中，邵曾海满脸苦笑："日本人侵略中国时，国民党的特务暗探抓我，说我唱'亡国调'，演'汉奸戏'，是'汉奸'；日本人投降了，他们还抓我，说我煽动台湾民众闹政变，对抗国民政府，是'赤色分子'。我，我就是一个唱歌仔的穷戏子，凭啥唱歌仔都要把命搭上啊?！他们，他们这是要干什么？我没招惹他们啊！"

陈承启擦了擦邵曾海嘴角的血迹："阿海，这是郑思明在公报私仇。你忘了他威逼阿梅嫁给他的事了！这一次，是我害了你。"

"上一次，是我害了你。"

"上一次，是我害了你。"昏暗中，一个有力的声音传了过来，随着一阵哗啦啦的铁镣声,那人爬到了邵曾海和陈承启的身边,双眼仔细地辨认着邵曾海,"你是唱歌仔戏的邵曾海?你妈妈也是唱歌仔戏的,被日本人杀害在台湾,叫林海榕?"

邵曾海坐起身来,看着眼前这位满面胡须的老者,一时间想不起在哪里见过,于是轻声问道:"阿伯您是?"

"莫叫阿伯,叫阿爸,我是你阿爸,邵时地。"

一语惊呆狱中人。从1937年最后匆匆见过阿爸一面,整整十年过去了,邵曾海没想到再见到阿爸,是在十年后的牢狱之中。

邵时地说:"你不是'赤色分子',但你是'赤色分子'的儿子。"

邵时地是1946年8月在鼓浪屿龙头路被抓的。当时,他正要到启新书店翻印一批进步书籍,就发现被国民党的特务暗探盯上了,为了保护这个秘密联络点不被破坏,邵时地没有进书店,而是径直走过,引开了特务们。特务盘查时,发现邵时地身上藏有一本《新民主主义论》,就以"赤色分子"的罪名,把他当作重要的政治犯抓了进来。这些事,在狱中随处安排有耳目眼线的国民党监狱里,是不能明讲的。

邵曾海紧紧抱住镣铐加身的阿爸,感慨万千,竟然说不出一句话。一旁的陈承启跪在邵时地面前,重重地磕了三个响头,直起身子说道:"阿爸,我是您的女婿陈承启,阿梅的男人。"

邵时地紧紧地抱着邵曾海和陈承启,父子翁婿三人,泪流满面,长哭无语。

14

时间来到了1949年的秋天。日夜思念大陆亲人的邵黄梅,在肝肠寸断的煎熬中,苦苦地期盼了两年。

陈承启刚刚离开台湾不久,邵黄梅就生下了他们的女儿,她想等台湾戒严松动一些,孩子长大一点,就带着孩子回大陆寻亲。可正当她要找陈嘉舒寻门路购买船票的时候,陈嘉舒告诉了她一个令人绝望的消息:"国民党大势已去,正分批逃离大陆,败退台湾。现在趁乱从大陆来台湾有船,从台湾回大陆绝无可能,有偷渡的都被毙了。"

邵黄梅的心,仿佛一下子浸到了冰冷的海水里。自己带孩子回大陆,已经是死路一条了。身陷囹圄的陈承启,更是不可能来台湾和她们母女团聚。海峡,从此成了把骨肉无情分开的一道鸿沟。

邵黄梅抱着刚刚两岁多的女儿,失神地走在苗栗的海边。她极目向西南遥望,那是大陆的方向,那是厦门的方向,那是家的方向,那是亲人的方向。三十年前,她为了寻找父亲邵时地,被那个心怀鬼胎的日本女人骗到了台湾。母亲林海榕漂洋过海来到台湾,寻找她这个走失的孩子,却惨死在侵略者的枪口之下。为了闽南和台湾民众喜爱的歌仔戏,她和义父义母一次次跨越海峡甚至漂泊南洋去唱戏传戏。而今天,翻涌的海浪却从此阻止了这一切。

两年中,是她和妹妹黎泰雅断断续续的书批往来,彼此才在只言片语里知晓对岸的境遇,但现在,这样的联络也中断了。

厦门的都马班,就这样留在了台湾。

台湾的宜兰班,就这样留在了厦门。

邵黄梅知道,为了营救父亲、弟弟和自己的丈夫,妹妹黎泰雅、师叔蔡惢他们拿出了所有积蓄,用尽了各种办法,那个至今还对自己垂涎三尺的郑思明收了钱,占了泰雅的便宜,还是不肯放人,并扬言,除非她邵黄梅从台湾回来,亲自跪在他面前求他。

邵黄梅不知道的是,那个阴险淫邪的刽子手郑思明,仓皇逃到了台湾,此刻就在台北。就在国民党逃离大陆的前夕,在郑思明的密谋策划下,反动政府枪杀了关在厦门监狱的父亲邵时地和一批革命者,就在他们还没来得及杀害丈夫陈承启和弟弟邵曾海的时候,解放大军解放了厦门岛,红旗飘扬在中山路。解放军营救了最后关押在狱中的人,并把患病的邵曾海送到了鼓浪屿医院进行治疗。

邵曾海终生都忘不了,那一天是1949年10月17日。

在狱中,邵曾海曾暗自在心中发誓,此生再不碰大广弦,再不唱歌仔戏。是歌仔戏,让他的母亲惨遭杀身之祸,英年香消玉殒;是歌仔戏,让他的亲人至今颠沛流离,饱受相思之苦;是歌仔戏,让他这个本就乞丐一般的流浪艺人,几近家破人亡;是歌仔戏,让他两次遭受牢狱之灾,这次又要赔上身家性命。

军警从牢里带走父亲的那一刻,邵曾海和陈承启顿时明白,这一别，从此与父亲也是阴阳相隔了。临行前，父亲用坚毅的眼神看着自己的儿子和女婿："记住，你们的父亲，是一名中国共产党党员。直到牺牲前，没有出卖组织秘密和任何同志。你们俩和阿梅、泰雅，都继承了你母亲的事业，我很欣慰。别放弃你们的戏曲事业！人民，需要你们的歌唱！等到全国解放的那一天，拿起大广弦，继续为两岸人民歌唱！为党歌唱！"

邵曾海忘不了父亲的遗言，但心中总有一道迈不过去的坎儿。姐夫陈承启和他一样，两人漫步到鼓浪石的时候，一个遥望龙海方向，思念曾坯惠和儿子，一个遥望台湾方向，思念邵黄梅和女儿。

1950年春节前的一个下午，鼓浪屿医院院长来到了邵曾海的病房，并带来了三个风尘仆仆的干部模样的陌生人。

院长满面春风地对那三个人说："这就是名噪闽台的歌仔戏大师——邵曾海，民间人称曾海师的歌仔戏艺术家。"看着一头雾水、略显惊慌的邵曾海，院长对他说，"曾海师莫慌，我来介绍一下这三位，这位是厦门人民政府的领导，这位是厦门公安局的干部，这位是漳州文化局的局长，他们专程赶在春节前来探望您，和您核实几件事情，并聘请您担任漳州歌仔戏艺术学校教师。"

邵曾海慌乱地和三位分别握了握手，不知是福是祸地看着他们，一向健谈的他，一时间竟说不出一句话来。

"曾海师莫怕，他们还给您带来三个人，您看看认识不？"院长微笑着，向门外喊了一声，"莫藏了，你们娘仨进来吧！"

话音刚落，打扮齐整的曾坯惠带着两个儿子，走了进来。

"阿惠！"邵曾海一下子把母子三人搂在了怀中。

"还有哟！"那位厦门公安局干部从门外拿进来一把大广弦，递到邵曾海的手中,"看看这个,是您的吧?这上面可刻着'林海榕'和'邵曾海'的大名呢!现在,物归原主喽!"

"你们在哪里搞到的?"邵曾海惊喜万分。

"郑思明的办公室。我们清查郑思明的物品时,发现上面刻着'邵曾海'三个字,这可是闽南人尽皆知的名字啊!"公安局的人说,"一会儿我们了解一下您和陈承启被捕入狱的经过,做个笔录。反动透顶的国民党,怎么连唱歌仔戏的艺人都不放过?!可恶!"

"纤笔一枝谁与似?三千毛瑟精兵。"漳州文化局局长引用毛泽东《临江仙·给丁玲同志》中的一句,对公安局的人说,"切莫小看宣传鼓舞的力量,也是一种战胜敌人的武器啊!这一次,我们就是想请曾海师回原籍,成立艺校,培养专业歌仔戏人才,为新中国歌唱,为人民歌唱,为党歌唱。鼓舞斗志进行社会主义建设!"

"谁说曾海师原籍在漳州了?他可是我们土生土长的厦门人呢!就住在妈祖宫附近的统井巷的。"厦门人民政府的领导笑着摆手插话道,"你们漳州邀请可以,但原籍不可搞错。"

邵曾海一刻不离手地抱着大广弦,心中感慨万分。旧社会,反动政府驱赶他,迫害他;新社会,人民政府关怀他,重视他。一个邵曾海,昨天无可容人,今朝争者无数。他一个旧社会的穷戏子何德何能,竟然受到如此关爱和礼遇?

他想起了父亲临刑前的叮嘱,对各位说道:"莫争了,我邵曾海,半生都是在唱戏传戏的路上。只要政府需要,我时刻听从安排。我父亲被押出大牢前对我说的最后一句话就是,别放弃你们的戏曲事业!等到全国解放的那一天,拿起大广弦,继续为两岸人民歌唱!为党歌唱!"

公安局的人问道:"您父亲叫什么名字?"

"邵时地,时间的时,地点的地。"邵曾海认真地回答。

厦门人民政府的领导再一次握住邵曾海的手:"邵时地是您的父亲?您是邵时地的儿子?哎呀!那是我们党坚持战斗在闽南敌后的坚强战士、革命烈士啊!不聊怎知道,这是烈士的后代呀!"

不知咋的,邵曾海听到这些,惭愧地低下头来。

"各位可能还不知道吧?他的母亲,闽台歌仔仙林海榕,也是一位抵抗日本文化侵略的女英雄,二十多年前就在台湾遇害了。"厦门人民政府的领导摆了摆手,"先不说这些了。我也套用一句毛主席的诗词,咱们'屿上开宴会,招待出牢人',和你们一家人吃顿团圆饭。院长同志,都安排好了吧?"

院长回答道:"安排好了,就在院里的食堂。"

"吃饭莫急。我们是不是春节前就把宜兰班的人召集起来?排演一部大戏,献给新中国成立后的第一个春节,献给厦门人民。剧本我都写好了,叫《战地啼冤》,反清复明,抵御侵略的故事。"说起排演歌仔戏的事,邵曾海的话总是滔滔不绝。

"我的曾海师,你现在可是病人吔!"院长提醒道。

"一听说排戏,他的病啊,基本就好了!"陈承启说。

厦门人民政府的领导说:"排演《战地啼冤》事,你们明天再详细商量。不过记住一点,千万不能影响曾海师的身体健康。这可是我们闽南歌仔戏的大师啊!要千万记住,身体要紧。"

那天晚上,陈承启喝得酩酊大醉,他跟跟跄跄地爬到日光岩上,对着大海,号啕大哭。但愿,海风能把一个丈夫悲怆的哭声吹到海峡对岸,吹到妻子邵黄梅的耳边,吹散这不知何日是归期的离愁。

正问归期

1950年2月16日,农历腊月三十,邵曾海新编歌仔戏《战地啼冤》在除夕之夜如期和厦门观众见面了——

【岩玉英】主仆兮,逃走兮,急急忙忙来逃生,
　　　　　本是官家的千金,粗娴幼婢来奉成。
（倍思仔）
　　　　　穿是绫罗与缎锦,吃是海味甲山珍,
　　　　　在家妖娇儿童性,不知国家重与轻。
（青春调）
　　　　　今天蚂蚁窝破乱阵,
　　　　　好似一只破船任那波浪浮沉。
　　　　　敌人狠心,害我一家四散逃生。
　　　　　路费被贼抢尽,留一件破衣披身;
　　　　　受尽饥寒难忍,举目无亲,
　　　　　又兼三寸金莲,寸步难行。
　　　　　难民苦无穷尽,目滓空流,
　　　　　向天枉叫爹娘亲。爹娘啊!
　　　　　乌云盖住杭州,迷雾冲过斗洋;
　　　　　远远看见几枞松树,热血随落河水漂流。
　　　　　汉奸毒手,吴三桂你如何主张;
　　　　　自己引蛇入鸟巢,可怜无数性命为你生死,
　　　　　四处漂流,左手举刀砍右手,
　　　　　甘心将咱祖国献给外仇。
（"杂碎调"）

如果国亡家破，到后来他岂肯放你干休；
看你迷梦有外久，傀儡尪要如何收场？
（七字调清板）
杭州城池已失陷，岩德夫妻首级斩；
满贼已然下毒手，不报此仇不做汉族人。
（大哭调）
放声大哭泪淋漓，一声爹娘一声啼；
爹娘尽忠来惨死，放下女儿靠何人？
一声爹娘来惨死，爹爹阿娘呀——
（艋舺哭调）

一部《战地啼冤》，唱尽了国破家亡的凄惨；一个岩玉英一角儿，唱遍了歌仔戏的代表唱腔。厦门观众大呼过瘾，一票难求请求加场，《战地啼冤》从除夕到元宵节，连演十六场，场场爆满。

15

　　政治的冲突导致台湾当局对地方民间文化严加控制，绝大部分的戏曲剧团被禁止演出，直到1950年才得以恢复。

　　这三年来，与丈夫失散独自育女的邵黄梅，带着孩子和弟弟的徒弟陶招治，跟着义父义母和滞留在台湾的都马班，在台湾乡下东躲西藏，过着颠沛流离的乞丐一般的卖艺生涯。

　　这三年间，邵黄梅曾幻想过海峡两岸有局势缓和的那一天，到那时，她就带着孩子回大陆，与丈夫陈承启一家人团聚。可三年后，当她和都马班的歌仔戏被邀请到台北演出的时候，她心灰意冷地发现，自己的幻想只不过是一个一厢情愿的美梦。满街的外省大兵，码头的高高炮台，海上的巡逻军舰，一切的一切都在告诉她，跨过这道浅浅的海峡，骨肉团圆，确定就是一个遥不可及的梦。

　　可突然有一天，台湾广播电台来人要录音播放歌仔戏的消息，让早已心静如水的邵黄梅方寸之间掀起一阵微澜：给歌仔戏录音，然后通过电台播放出去，远在大陆的亲人如果收听到广播，听到我邵黄梅的声音，如果能再做个采访介绍，不就知道我的近况了吗？

即使不能直接交流,起码对听到声音的丈夫和弟弟,也是一种慰藉。一定得利用这个机会,把我的声音传回给大陆的亲人。

对于深深爱恋而又不能相见的人,能听到对方的声音,何尝不是一种满足和幸福。

录制广播歌仔戏,义父黄炎祖和义母陈嘉安没意见:"我们都年岁大了,你义母身体又不好,以后戏班里的事,你和阿贵姐弟俩商量着办。我们一辈子就盼着,歌仔戏能世世代代唱下去。"

"别做梦了,师姐!就是录好了拿到金门岛去放,厦门岛也听不到的。何况这是台北?"录制广播歌仔戏,唯一反对的人是吴和贵,"师姐,你的心情我们都理解,可阿海辛辛苦苦写出的剧本,祖师爷赏饭一般让阿海谱出的'杂碎调',如果都用广播唱出去,谁还会来买票看我们的内台歌仔戏?我们都马班的这些人还活不活了?!"

"阿贵,我和你师父做了一辈子歌仔戏,早就悟出了一个道理,靠唱戏,发不了大财;当戏子,命贱人不贱。"陈嘉安轻轻地咳了几声,"人是鱼群里的鱼,羊群里的羊,永远要顺着大方向走。现在,有了广播这玩意儿,还有能把人声装进去的东西,我们要利用。将来,出唱片,或许还要拍电影,挣钱的渠道多了,别老盯着那点票钱。你脑壳灵光,多想些挣钱的渠道,多想想长远,跟上潮流。"

师母不愧是写歌仔戏的,眼光确实看得长远。听完陈嘉安的话,向来头脑灵活的吴和贵,不得不佩服师母的见识。

那以后的日子,吴和贵负责和电台的人谈价格,安排录音的时间,邵黄梅导演演员和乐队进行排练和演唱。一些头一次录音的演员,依旧按舞台演出的流程,提前两个小时到场、化装、压腿、扎大靠、穿戏装。邵黄梅又气又乐:"这是录音,有声就行,不露脸的。"

聪明的吴和贵看到这一幕,突然想起一个好主意。下午录音,晚上演出,一出戏,无装有装唱两遍,确实麻烦,演员也累。不如干脆让广播电台录音的人晚上来,戏班一边演,他们一边录,一举两得。

"我们晚上要下班休息的!"电台的人有意见。

吴和贵说:"你们就当下班后看戏了,也放松了,也干活了,还可以找电台要加班的薪酬嘛!"

"要你个鬼头喽!加班的薪酬肯定是你们出的好吧?"

"这事都是电台给戏班钱的。你们播我们的歌仔戏,网罗听众,招揽商家做广告,赚得盆满钵满,应该是多给我们钱的。"

"这样好吧,我们给你们戏班的钱数不变,晚上来录音时,顺便带着机器同时就播放出去,你们少演了一遍,我们多播了一次。双方都不亏的。"电台的人跟吴和贵斤斤计较。

吴和贵也搞不懂什么是"同时就播放出去",反正钱没少,又少唱了一遍,账面上不亏就行,于是稀里糊涂地答应了。

"要说好的,这是直播,不可出错的。"电台的人叮嘱道。

"都马班的戏,从来就没演砸过。直播?什么直播?"吴和贵又被新词搞糊涂了,他着急告诉邵黄梅他们,"下午不录了。晚上我们边演他们边录,还说什么'直播',直播就直播吧!"

这次边录边播,也不知道是不是广播直播史上的首次,当夹杂着掌声、欢呼声、叫好声的歌仔戏《陈三五娘》传遍台湾岛时,邵黄梅并不知道,大陆这边早已屏蔽了来自台湾的所有广播,她声情并茂演唱的黄五娘,此刻并没能让她的"陈三"陈承启听到。

现在已是龙溪实验芗剧团主演的陈承启,天天看着剧团大门口的那块牌子发呆,他问邵曾海:"你是剧团编剧、导演,还是艺校教师爷,文化水平高。你告诉我,为什么把'歌仔戏'改叫'芗剧'?"

邵曾海瞪了陈承启一眼,小声说道:"你嚷什么嚷?!"

"歌仔戏是闽南和台湾共同的叫法,是这些年两岸观众认可的,改成'芗剧',是不是显得太小家子气喽?"陈承启想不通。

邵曾海无奈,只好把陈承启拉到无人处:"我的姐夫爷,你小点声好不好!现在,凡是台湾叫的,我们都得改,把'歌仔戏'改叫'芗剧',目的就是与台湾区分开来。"

"区分这个做什么?"

"因为现在两岸有一些情况。"邵曾海说完也觉得这跟改戏名没啥关系,"你记住就是了。"

正在这时,黎泰雅和义父蔡态拉着傅桠枝,从远处走了过来。黎泰雅把新印出来的歌仔戏剧本《三家福》,分发到每个人手中:"团长把角色分完了,我演施泮妻子,姐夫演施泮,义父演私塾先生苏义,桠枝演看护番薯地的男孩林吉……"

"我演男孩呀?"傅桠枝问道。

黎泰雅瞪着眼睛问傅桠枝:"你不就是男孩吗?"

"可师父教我的是旦角啊!"傅桠枝争辩道。

"桠枝,小孩子听话,让你演啥你演啥。以后千万别总把你师父挂在嘴边,她,现在是敌人了。"陈承启告诉傅桠枝。

"我师父是邵黄梅!她是歌仔皇后,不是敌人!"傅桠枝没想到师父的老公竟然说自己师父是敌人,问邵曾海,"师叔,您说,您姐姐不是敌人，我师父不是敌人！"

"不是敌人，不是敌人，桠枝的师父不是敌人。"邵曾海转过头，生气地对陈承启说，"好好演你的施泮！大人讲的话，跟孩子说什么。"接着跟黎泰雅说，"哎呀，团长把角色分完了，那还要我这个导演做什么？"说完，翻看起了手中还有油墨味道的剧本。

"阿海哥，团长说了，你擅长谱曲，指挥乐师们演奏。哦，不对，现在让叫乐队了。"黎泰雅拿着手里的剧本，不好意思地对邵曾海说，"阿海哥，过去咱们学戏，都是师父和你拿着歌仔册口传身授，大家认不得几个字。这次，你还是一句一句地教吧！"

"当务之急，得先让你们把字认下。"邵曾海说。

黎泰雅快速地翻动着剧本："这戏讲的什么事啊？"

"好故事。咱们新中国刚刚成立，各行各业百废待兴，物质相对还很匮乏，人们生活水平还很低，需要大家互相帮扶，守望相助。这个时期演这样的戏，有润物无声的教化意义。"邵曾海边看边说。

黎泰雅不解地问："什么润物无声？什么教化意义？我问你这戏演的是什么故事，我演的这个人是干什么的。"

"你演的是个在家苦守、借贷无门的苦旦。"邵曾海说。

黎泰雅一合剧本："歌仔戏里的女人，怎么都得哭？"

《三家福》里讲述的故事，源自古代一个劝人向善的民间传说，是闽南布袋戏的经典保留剧目，台湾和南洋各地的华人地区，也都用各种戏曲形式演出过这则故事。

《三家福》说的是一个叫施泮的船工，长年累月在外做苦工，却无法把银批寄回家里。在家苦苦守望的施妻生活拮据，陷入困境却借贷无门。于是走投无路的施妻在除夕之夜投河自尽。

恰在此时，私塾先生苏义经过这里，救起施妻。得知施妻的境遇，义薄云天的苏义谎称施泮刚刚寄来一封银批，其实是他自己写的批，钱是他一年的束脩，就是一年的讲课酬金，交给施妻。

苏义回到自己家里，发现苦守在家的妻子孙氏也和施妻一样，在忍饥挨饿，于是他决定趁黑夜去偷挖番薯。

偷番薯归来，路过土地庙，苏义向土地公表述苦衷，声泪俱下，忏悔自己不该沦为窃贼，于是返回番薯地，放回所盗番薯。

苏义的哭诉和举动，恰巧被看护番薯的小男孩林吉听到看到。林吉十分敬佩和同情苏义，于是把自家的番薯，偷偷放在苏义家的窗下。

大年初一，意外发现番薯的苏义夫妇喜出望外，准备用番薯当猪脚、薯汤当美酒过年之时，林吉和母亲给苏家送来年礼。

施泮终于回到家中，得知苏义的义举，也来到苏家感谢苏义。

三个家庭彼此相助的故事，从此被世世代代传为佳话。

邵曾海边看剧本，边给黎泰雅他们讲解。

这个剧本改得很精彩，删去了原有的施泮离家、父病母丧、债主逼债、孙氏逼迫苏义偷窃、施泮发财回乡、分赠两家银两等旁枝末节，使得剧情更紧凑精练，人物更形象丰满。

邵曾海很是佩服新文艺工作者改戏的成功。

"主线突出，情节紧凑，人物鲜活。这个本子要是让师母看到了，也会大加赞赏的。"邵曾海对大家说。

陈承启提醒邵曾海："凡是敌人反对的，我们就要拥护；凡是敌人拥护的，我们就要反对。"

"你没完了是吧！以后你除了背戏文和上台唱，最好别开口！"

邵曾海嘴上这样说，心里却深深体会着陈承启的相思之苦。

因为每一个骨肉分离的人，心中何尝不是如此。

舞台美工站到脚手架上，正在排练厅的墙壁上粉刷标语，"百花齐放，推陈出新"八个标宋大字，已经露出清晰的轮廓。

电影制片厂有人来到剧团，说要拍一部现实题材的歌仔戏电影，还说广西那边正筹备拍摄彩调剧版的《刘三姐》，根据形势需要，用广西壮族民歌，讲述歌仙刘三姐与地主恶霸斗智斗勇的故事。

剧团领导把编剧的任务交给了邵曾海，叮嘱说："一定要紧跟形势，突出政治。这回就看你这个'闽南歌仙'的喽！"

邵曾海问陈承启："写什么故事好呢？"

陈承启说："这事你别问我，去问咱师母啊！"

16

"不用问咱师母了,拍!"邵黄梅告诉吴和贵。

陈承启和邵曾海听没听到台湾的广播歌仔戏,邵黄梅不知道,她只知道即使听到了,也仅仅是声音,看不见人的。所以当吴和贵和她商议,电影公司要拍他们的歌仔戏电影,这事要不要问问师母时,邵黄梅想都没想,当场就答应了,而且还要亲自披挂上阵,出演都马班的看家大戏——《六才子西厢记》。

广播歌仔戏播出后,吴和贵发现,买票看戏的观众不但没少,反而比原来增加了很多。以前从不买票进戏园子的人,在广播里只闻其声未见其人之后,纷纷买票看戏,争相一睹广播里介绍的各位名角的芳容。歌仔戏《六才子西厢记》,竟然连演半个月,场场爆满,一票难求,把电影公司的老板都给看心动了。

邵黄梅想的是,不管广播歌仔戏大陆那边听没听到,电影是一定要拍的,多一个渠道,就多一分希望。她让吴和贵问电影公司的老板,电影拍完后能不能发行到大陆去,能不能在厦门上映。吴和贵传电影公司老板的回话时,私自扣押了"发行到大陆上映想都不要想"这句,只告诉邵黄梅,老板说"转道香港倒是有一点可能"。

八年了,每当女儿黄阿泠高声朗诵《国语课本》上的《我们都是中国人》和《我们的祖宗》时,邵黄梅的心里既欣慰又忧伤——

> 我是台湾人。你是台湾人。他也是台湾人。我们都是台湾人。我们的家都住在台湾。台湾是我们的家乡。我们都是台湾人。台湾是中国的地方。我们都是中国人。

> 我们的祖宗是福建人、是广东人。他们住在福建,住在广东。福建和广东在海的西边。我们的祖宗从海的西边搬到台湾来,就在台湾住家。他们的子孙就成了台湾人。

邵黄梅眼看着女儿黄阿泠都能登台一板一眼地唱戏了,她和丈夫陈承启之间,依然没有一点音信。

多少个台北冬季漫长的雨夜里,女儿问她:"妈妈,爸爸什么时候来台湾接我们回家呀?"

"等到台北下雪了,阳明山白头了,你爸爸就来了。"邵黄梅知道,台北下过雪,阳明山白过头,但多少年才有一次,少得可怜,起码女儿降生之后这八年,台北还没下过雪,阳明山还没白过头。

从那以后,黄阿泠每到冬季,就天天望着天空,望着阳明山,盼着下雪,等着下雪。每每这个时刻,邵黄梅总是怜爱地抱着女儿,和她一起痴痴地呆望着,呆望着那并不遥远的远方。

"妈妈,爸爸叫什么名字?"

"爸爸的名字叫陈承启,你长得就像爸爸。"

"那我不应该是叫陈阿泠吗？为什么姓黄？"

"你取名字时，姓了外公的姓。"

"那妈妈为什么不姓外公的姓？"

"妈妈不是外公的亲生女儿，妈妈姓邵，但妈妈的名字里，有外公的姓氏'黄'字啊！邵黄梅嘛。"

"妈妈，大陆那边，除了爸爸还有谁？"

"还有曾家外婆，有舅舅舅母，有舅家表哥，有你的亲外公……"邵黄梅鼻子一酸，此刻的她，并不知道父亲已经被郑思明一伙杀害了，"有好多好多的人，都是我们的骨肉亲人。"

"妈妈，大陆在哪边？"小孩子的脑子里都是问题。

"大陆在西边，太阳落入大海的地方就是大陆。"

从此以后，黄阿泠一有机会，就看太阳落入大海。

"妈妈，大陆好远好远吗？"

"大陆不远，就在我们对面呀。"

一缕长发痒痒地扫在黄阿泠的脸上，女儿摸着妈妈的长发，伤心地发现了几根白发："妈妈，您有白头发了！"

邵黄梅说："人老了，头发都会白的。"

"可您才四十五岁呀！像外婆那样才叫老，才应该有白发，您没老，不该有白发。"女儿疑惑不解。

邵黄梅突然落下一珠泪来，她悔不该跟女儿说"阳明山白头爸爸就来了"这样的话。她怕一语成谶——

山未白头人白头，此生天涯难聚首。

两处荒冢埋孤魂，何时再唱灞桥柳？

《六才子西厢记》，一部两个多小时的歌仔戏电影，断断续续地拍摄了近一个月。本以为像录广播歌仔戏一样，演员们在台上演，他们在一旁录，全戏演完，也就录完，可一进摄影棚，都马班的人才发现全然不是一回事。整部戏演唱完了，导演说只是拍完了全景，还要再演一遍，这回拍中景；拍完了中景，还要拍各个唱段的近景和特写；近景和特写拍完了，还要拍搭对手戏演员的反应。

这些，对于戏比天大、精益求精的歌仔戏艺人来说，尤其是一想到能让远在大陆的亲人看到，他们什么苦都吃得。最让他们不习惯的是，原来演戏，台下都是满坑满谷的观众，现在却只有一遍又一遍喊停的导演和几个大气都不敢喘的摄影、灯光等工作人员。

面对着一架空洞洞的黑眼睛似的摄影机唱戏，让这些越是人多越有激情的从事舞台表演的人，着实要适应一段时间。第一遍拍完全剧全景的时候，导演就发现了这个问题，演员的情绪根本不到位。

于是，在一段适应和磨合之后，又把全剧从头至尾演了一遍，确实比第一遍好多了。

拍摄过程中，导演唯一佩服的就是女主角邵黄梅，只要一喊开始，她就能迅速进入状态，唱腔声情并茂，身段优美俊俏，完全看不出是一位四十多岁的女人，一颦一笑，活脱脱是一个可爱的妙龄少女。

导演哪里知道，在其他演员都无所适从的时候，邵黄梅早已把眼前的那架摄影机当成自己的丈夫，那黑眼睛一般的镜头，分明是陈承启在深情地凝望着自己。有了这个虚拟的情景设计，邵黄梅的表演情感饱满，技惊全场，不辱台湾岛"歌仔皇后"的芳名。

巨幅的海报，立体的宣传，台湾第一部歌仔戏电影《六才子西厢记》和邵黄梅的芳容及行踪，还是让逃到台湾的郑思明看到了。但此时的郑思明，正在仕途和党争中上下沉浮，无暇顾及邵黄梅。

在"百花齐放，推陈出新"文艺方针的指引下，新中国成立初期的闽南戏曲，尤其是被更名为"芗剧"的歌仔戏，通过"改戏、改人、改制"的三项改革实践，取其精华，去其糟粕，整理改编了《火烧楼》《杂货记》《山伯英台》《安安寻母》等一批传统经典剧目；深入生活，讴歌时代，创作演出了《破狱记》《水仙花》《田螺姑娘》《渔岛民兵》等多部现代题材剧目。

已经从旧社会歌仔艺人脱胎换骨成为新时期歌仔戏艺术家、教育家的邵曾海，因其在歌仔戏改革实践中的突出贡献，被聘任为福建省艺术学院教授，专门从事歌仔戏曲调的研究和教学。同时被推选为代表，光荣地参加了1960年在北京召开的全国第三次文代会，受到了党和国家领导人的亲切接见并合影留念。

邵曾海感念党和国家的关怀，是党和军队，把他从国民党的大牢里解放出来，死里逃生；是党和国家，让他这位只念过几年书的民间艺人，焕发创作青春，成长为大学教授；是党和政府，一次次把身患肺病的他送进闽南最好的医院，精心治疗。所以，当有一次邵曾海放假回到丹宅探家，村社领导找到邵曾海，说想就近给孩子们办一所初小，看看能不能借用一下他家的护厝做教室，邵曾海这个"吊大灯"的入赘女婿，都没跟岳母和曾坯惠商量一下，就把西护厝无偿赠送给了村里办初小："小孩子读书，是天大的事。莫讲借，送了！"

就在邵曾海参加完北京文代会，回到家乡丹宅看望妻儿老小的时候，丹宅所在的龙海一带，发生着大旱。一件"丢卒保车，守望相助"让水故事，让还沉浸在文代会精神中，苦于没有创作题材的邵曾海，一下子找到了素材。

当时，闽南漳州龙海一带，正遭遇百年未有过的特大旱灾，位于九龙江下游地区的十万亩稻田，马上就要因干旱而减产甚至绝收。县委打算在上游的榜山公社溪东大队，截断九龙江，让江水在这里转弯改道，引到下游的旱区，浇灌干涸的稻田。

但是，在溪东大队拦江，这个大队的一千三百亩稻田将会被江水冲毁。就在进退两难之际，溪东大队的干部群众算了一笔账，用一千三百亩的损失，换十万亩的丰收，不亏！

精明的闽南人，知道什么时候算小账，什么时候算大账。他们在"丢卒保车""两害相权取其轻"的抉择中，发扬了社会主义团结协作、牺牲自己顾全大局的风格，毅然决然地截住了九龙江，滔滔江水冲毁了自己的稻田，向下游遭受干旱的稻田滚滚流去。

让水不争，顾全大局。"榜山精神"，感动了闽南大地。下游遭旱地区获救后，各个大队的社员纷纷组织起支援大军，来到溪东大队帮助他们插秧保田，生产自救。当年全地区在旱情之下，粮食并未减产，社社队队的群众车水马龙，争交爱国粮。

知道这则故事后，刚刚踏入家门没两天的邵曾海，又一次离开了还沉浸在团圆喜悦中的妻儿，赶到龙溪实验芗剧团，组织编创力量，立刻深入故事发生地进行实地采风创作。

一年之后，原创现代歌仔戏《碧水赞》唱遍闽南大地；

五年之后，福建省改编话剧《龙江颂》获文化部大奖。

常年在外，与家人聚少离多的邵曾海，终于得空回到了丹宅。

17

台北无休无止的冷雨，昼夜不停地下着。

守在义母陈嘉安的灵堂前，邵黄梅的心，仿佛是漂浮在海峡之上的孤帆，无依无靠。邵黄梅的手中，是义母陈嘉安生前的最后一部遗作，歌仔戏剧本——《心灯——妈祖传奇》。此刻的邵黄梅，多么希望妈祖林默娘能重返人间，救苦救难于海峡两岸，茫茫大洋。

吴和贵默默来到邵黄梅身边："阿梅师姐，电视台那边等着回话，问歌仔戏电视连续剧还拍不拍，拍什么。"

邵黄梅把手中的剧本递给了吴和贵："就拍师母的遗作吧。"

"我把这个剧本给他们看了，他们说这是单本剧，最多只能拍两集。他们要拍几十集的连续剧。"

"要拍就按这个拍，一个字都不能改！想拍几十集的，让他们自己写本子，我们只负责表演。"邵黄梅态度坚决。

"他们还问妈祖谁来扮演，是师姐您还是您的女儿黄阿泠？"

邵黄梅把一缕白发掖在耳后："我们都老了。我都六十多岁了，满头的白发，满脸的皱纹，再怎么化妆，都掩盖不住苍老的容颜。

这样的妈祖,谁看啊?!该是年轻人的时代了!让阿泠、招治演吧。"

"电视台的人,也是这个意愿。"吴和贵说。

吴和贵把邵黄梅的意见跟电视台的人一讲,电视台的人还是因为不能把《心灯——妈祖传奇》改编成电视连续剧而抱怨:"这么好的妈祖故事,不拍成连续剧,简直太可惜了。"

吴和贵也明白电视台的人的想法,但他更不能违背师姐邵黄梅的意思,因为,那毕竟是师母的最后一部遗作,如果被改得面目全非,他们对不起师母的在天之灵。

天堂之上,台湾歌仔戏开山鼻祖级的编剧大师陈嘉安的灵魂,正时刻俯视着这群歌仔戏的传人。

几经磋商之后决定,两个版本的《心灯——妈祖传奇》都拍,一个按陈嘉安的遗作原封不动,拍成歌仔戏电影,向剧作家陈嘉安大师致敬;一个按电视台编剧的改编去演,拍成歌仔戏电视连续剧,争取更多的广告收益。最后的结果是,电影的票房惨淡,坐在家里一集接着一集看电视剧的观众,根本就不再去电影院看电影了。

邵黄梅也困惑,怎么一部高度概括、剧情凝练、艺术精湛的电影,竟然比不上内容注水、情节拖沓、粗制滥造的电视剧?而且一播就是几十集、过百集。现在的观众怎么有这么多的闲暇时间?

此后台湾的大部分歌仔戏剧团、戏班,在节庆敬神、祠堂祭祖等为数不多的商演之余,都开始录制电视歌仔戏。看着卖得火爆的录影带,邵黄梅问经销商:"除了岛内,还都能卖到哪里?"

"南洋各个岛国,有华人的地方,都卖得很好呢!"见到昔日的歌仔皇后前来打探生意,经销商不敢怠慢。

"香港有销售吗?"邵黄梅小心试探。

"有的有的,但销量不大。有零星的份额,都是来自大陆的闽南人走私带回去看的,数量太少了,现在大陆极少人家才有电视机、录放机。即便有,也要偷偷地看。"经销商说。

邵黄梅的心一阵狂跳。即使数量少,即使很少人家有电视机和录放机,但毕竟是有啊!毕竟台湾的歌仔戏已经通过走私录影带的渠道,传回了祖国大陆,传回了闽南大地,传回了鹭岛厦门。

邵黄梅面朝大海,双手合十:妈祖保佑!但愿,我的丈夫陈承启、弟弟邵曾海能早一天看到这些录影带,看到我,看到阿泠,看到陶招治,看到都马班的所有人。

我们,想念祖国大陆!我们,想念着你们啊!

宝岛,这艘汪洋上漂泊的船,何日是归期?

18

当邵曾海和陈承启在收音机里听到台湾歌仔戏的时候,已经是1979年年初了。

陈承启拿过一台小小的半导体收音机,来到邵曾海面前,悄声说道:"阿海,你听,这是不是那边的广播?在唱歌仔戏。"陈承启说完,赶紧捂上了自己的嘴,一时间噤若寒蝉。

邵曾海战战兢兢地把耳朵尽量靠近收音机,那里面,呲呲沙沙、断断续续地传出歌仔戏的声音——

谯楼鼓打三更陈,为何看无新官人。
罩这条红绫乌乌暗暗,甲伊掀起来甘无较轻松。
绣枕香,烛影红,眠床前的八卦金当当,
红罗绣帐就慢且是放,销金帐内还更欠一个人。
弯弯腰,轻轻将伊探,灯光照出阮可爱的人。
看伊生作英雄眉,丹凤眼,齿白且唇红,
这对耳朵亲像面粉做的白苍苍,

这双手付阮牵着就不甘放。不如招伊双双入洞房。
就将椅桌轻轻摇动,轻声叫出阮的新官人,
为何因坐在桌边不甘放,
为何因到这时候还不肯入洞房。
新蚊罩,罩新蟒,新被新席新当当,
灯光烛影照透透,枕头排好要等咱俩人。
…………

邵曾海擦了擦额头上的冷汗,四下看看,眼睛盯着泪流满面却不敢哭出声音的陈承启,恐惧、惊喜,万般滋味,欲说还休。

这一切,缘于近在咫尺的海峡两岸,对峙得太久太久了。自从1949年海峡变成鸿沟之后,两岸的音信一下子全部中断了,直到1979年双方停止炮击后,整整三十年,同根同源的歌仔戏,才第一次通过电波跨越茫茫海峡,传到了彼岸。

这时1979年中国大陆,偷听"敌台",偷听"靡靡之音",仍是两条弥天大罪,这两条罪状若是扣在邵曾海和陈承启的头上,等待他们的,将是牢狱之灾。

收音机被关掉了。邵曾海和陈承启相互注视着对方的眼睛,许久许久说不出一句话,但两人都读懂了对方眼神里的语言。

"是阿梅的声音!是阿梅的声音!阿海,你听出来了吗?"

"没错。姐夫,是阿梅姐的声音。阿梅姐,她还活着啊!"

"从1947年到1979年,三十二年啊!阿梅呀阿梅,我日夜思念的阿梅,你在海峡的那一边,还活着!还在唱歌仔!"

"这'杂碎调',这唱词,还是我写的呢!三十二年了,虽然那边称作都马调，但调没变，词没改啊！依字行腔，长短句式，闽南音韵，这才是歌仔戏该有的旋律和唱词之美！"

"阿海，那边虽然称为都马调，但是，人隔两岸戏同音啊！"

"我们原本就是一家人，同根同宗同戏文，打断骨头连着筋。"

"阿海，我总算听到你姐姐的声音了。我没白等着她呀！"

"姐夫，三十二年的相思之苦，浪花和离人，都白了头。"

"我继续等，等到两岸飞鸿时，夫妻再唱《山伯英台》。"

"到时候，我给你和阿梅姐写本子，写这海峡相隔的思念之苦，写这超越生死的《蝴蝶之恋》。"

邵曾海和陈承启伫立在日光岩顶，遥望海天。

蔚蓝色的海峡，翻涌着一种急迫和躁动的情绪，浪花拍打着礁石，海鸥追随着船舷，都在和他们一起，苦苦祈盼着两岸海门打开，浪潮奔涌踏来的那一天，都和他们一样，愁肠百结，正问归期。

邵曾海面朝东方，手捧刊登着《告台湾同胞书》的《人民日报》，一字一句地读着："'每逢佳节倍思亲'……台湾的父老兄弟姐妹。我们知道，你们也无限怀念祖国和大陆上的亲人……自从一九四九年台湾同祖国不幸分离以来，我们之间音信不通，来往断绝，祖国不能统一，亲人无从团聚，民族、国家和人民都受到了巨大损失。所有中国同胞以及全球华裔，无不盼望早日结束这种令人痛心的局面……近三十年台湾同祖国的分离，是人为的，是违反我们民族的利益和愿望的，决不能再这样下去了……如果我们还不尽快结束目前这种分裂局面，早日实现祖国的统一，我们何以告慰于列祖列宗？何以自解于子孙后代？人同此心，心同此理，凡属黄帝子孙，谁愿成为民族的千古罪人？……远居海外的许多侨胞都能回国观光，与家人团聚。为什么近在咫尺的大陆和台湾的同胞却不能自由往来呢?我们认为这种藩篱没有理由继续存在……统一祖国,是历史赋予我们这一代人的神圣使命。"

陈承启仰天长啸:"阿梅!阿泠!你们听到了吗?"

"我听到了!我听到了!承启,你的阿梅听到了!你的阿泠听到了!"收音机前的邵黄梅和女儿黄阿泠,泪如雨下。

这声呼唤,邵黄梅从满头青丝等到白发苍苍;这声呼唤,黄阿泠从牙牙学语等到年过而立。

从惊喜中缓过神来的邵黄梅,一把拉住女儿:"阿泠,妈妈收拾行装,你,快去找舅外公买船票。快去!"

"妈,舅外公都九十多岁了!哪里还能去买船票呀!再说,这是大陆的邀请,这边,放不放我们回去啊?!"

黄阿泠的话,让邵黄梅一下子呆住了,愣了一会儿,她抓起外套朝门外奔去。黄阿泠紧随其后:"妈你干什么去呀?"

"跟我走,去码头问一下,何时开船。"邵黄梅头都没回。

没有人能回答邵黄梅的"何时开船",尽管她反复跟人家说"我都等了三十二年了""你们卖我一张回大陆的船票吧""我把头发都等白了""我女儿都三十二岁了还没见过爸爸呢"。

黄阿泠拥着妈妈的肩膀,静静地伫立在礁石上,身后的影子,在一点一点地拉长,不远处的海天之间,一轮红日正缓缓地隐入海面,就像一个晚归的孩子,深情地投入妈妈的怀抱。

"妈妈,夕阳,都回家了!"黄阿泠说。

邵黄梅转过身:"回去,写批!"

"写给谁？投递地址您知道吗？"黄阿泠问。

"你阿爸，你阿海舅，你泰雅姨，蔡态班主，我弟子傅桠枝……厦门的统井巷、南靖的都美村、龙海的丹宅社……给每个人都写一封，把每一封都抄几遍，我能想起的地址，都寄，肯定有一封能寄到。"

这天夜里，邵黄梅和女儿黄阿泠整整写了一夜的批，当她们把厚厚的一沓家书一封一封地贴好邮票，投入邮筒的时候，台北的街头，已经是炊烟弥散。远处，烧肉粽、海蛎煎的叫卖声传遍街巷。

黄阿泠问妈妈早餐想吃什么，邵黄梅摇了摇头："没胃口。"

一天后，邵黄梅母女俩深夜从片场赶回家中，就在她们习惯性地打开家门口的投递箱时，一封封批像落叶一样，哗啦啦地掉落一地。她们昨早投寄的家书，一封不少地被退了回来。每封批的上面，都加盖着退批章：大陆信函，无法通邮。

邵黄梅看着散落一地的家书，心中一阵悲凉和苦楚，她绝望地把它们一封封拾起来，抱在怀里，如同抱着自己那颗破碎的心。

"通邮、通航、通商吧！我们都是行将就木的人了！孩子们都长大了！孩子们都有孩子了！我们尚且还都认识，若是我们都没了，孩子和孩子的孩子，他们，还能相识吗？莫等到什么都通了，我们的心，却不通了啊！"邵黄梅在心中喃喃自语，苦苦哀求。

"莫道此祠无姓氏，都知吾祖是炎黄。妈妈，您放心！无论前方有多少风暴恶浪，就是漂游渡海，此生，我也一定带您和我的孩子回大陆。大榕树招手的地方，是我们的根啊！"黄阿泠目光笃定。

邵黄梅看着批封上一个个记忆中的名字，问女儿："阿泠，你说，他们还都在唱歌仔戏吗？"

"一定在唱。歌仔戏，一定要传下去。"黄阿泠说。

"歌仔戏，一定要传下去。"曾笑闻对邵曾海说。

没错，歌仔戏，一定要传下去。因为，它来自闽南这片山海之间的红土地；因为，闽南人民喜爱它，台湾人民喜爱它。邵曾海从来就不怀疑这一点。日本侵略者毁灭过歌仔戏，国民党政府禁唱过歌仔戏，"文化大革命"打压过歌仔戏，可它，就像闽南那漫山遍野的三角梅，根深叶茂的古茶树，历经风雨洗礼，永远生气勃勃。

看着眼前这位十七八岁的英俊少年，邵曾海惋惜地劝慰着："自古道'师公和尚戏，没声免做戏'，你嗓子没了，咋传啊？"

"我去考大学，研究闽南文化，跟您学写歌仔戏。"

这位少年名叫曾笑闻，两年前考入了刚刚恢复成立的厦门歌仔戏剧团，拜傅桠枝为师，专攻男旦，谁知男孩子到了变声期，一个月前突然没了嗓子。论起辈分曾笑闻应该叫邵曾海师爷。得知自己没了嗓子，不甘心就这样离开歌仔戏的曾笑闻，找到了患病的师爷邵曾海，发誓要像他一样，一辈子研究歌仔，写歌仔。

邵曾海喜欢这个迷上了歌仔戏的徒孙，得知他没了嗓子后要研究歌仔、写歌仔，甚是欣慰。还真是，从歌仔戏诞生到今天，除了自己的师母陈嘉安，包括自己在内，都是唱戏的人在写戏、改戏、谱曲、编曲，极少有专业的从事创作的人才。

看着在病床上仍旧为厦门大学的《闽南方言词典》做翻译工作的师爷，曾笑闻敬佩不已："为了歌仔戏，您坎坷一生，刚刚恢复工作就带病参加编纂工程，我们年轻人，应该从陈嘉安和您的手中，把接力棒接过来，而且要奋力跑好下一棒。"

正问归期

"我是不死心啊！我知道，我的肺（戏）病无药可救了！"邵曾海口中说的"肺"，更是"戏"，厦门话里，"肺""戏"同音。

邵曾海把自己一辈子创作的歌仔戏剧本手稿，交到了曾笑闻手中。他坚信眼前这个少年，会接过自己的衣钵："这是我一生的心血，拿去看吧。记住，一部好戏，一定是'叫得响，立得住，传得开'的作品。天下，唯有台前的观众最懂戏，谁也骗不了他们。"

儒雅寡言的曾笑闻，如获至宝地接过了邵曾海的剧本手稿。

邵曾海微笑着对曾笑闻说："那个砖头一样的小盒子录音机，你能搞到吗？以前，我从来不让人家给我录音，现在，我想有时间就录一点，传统剧目，'杂碎调'，应该以声音的形式留存下来。"

听到邵曾海的话，曾笑闻既高兴又忧伤，高兴的是，他是给歌仔戏一代宗师录音留存资料的第一人；忧伤的是，师爷邵曾海一定是感到自己将不久于人世，才主动请求录音的。

第二天，曾笑闻带来了邵曾海说的那种砖头一样的小盒子录音机，按下了录音机的录音键。看着转动的磁带，邵曾海拉响了大广弦，唱起了歌仔戏《白扇记》中陈金花的一段"杂碎调"——

【陈金花】陈金花门帘内看出店前来，看见一位美少年文秀才，刘郎采药上天台，看他生作流星眼，英雄眉，鼻狮嘴咳，天平满，下阁大，嘴批粉红，莲花体态，胸坎挺挺，英雄气概；这款潘安貌，谅必宋玉才，买卖人客看过真多，不曾看过这样人才。想过去，想将来，母亲早过往，未曾将我亲事拍派，阿爹吃老张不知，恐怕姻缘错安排，若会嫁给一个好翁婿，恰好平地得天财，甲他偷看他都不知，愈看愈爱，弓鞋摇摆，含铃迎铷，

206

门帘轻掀,咳嗽报给他知,引得他的电光射入阮绣房内面来。

从那以后,爷孙俩躲着医生和护士,在榕树下、三角梅旁、病房里,录了一盒又一盒的卡式磁带,足足装了满满的两书包。

直到1980年6月26日那天,邵曾海在病床上唱完最后一句唱词后不久,遗憾地闭上了双眼。那一刻,他轻轻合上的眼睛里,无数个飘动的音符,亮晶晶地闪烁着。

曾经沧海难为水。这位把毕生都献给了歌仔戏的一代宗师,终究没能等到两岸同演一台戏的那一天,溘然辞世,终年六十六岁。

拖腔如酒,私藏在梦境;
叫板有意,唤君早成行。
重赋新词唱团圆复兴,
唯愿素手水袖舞动世间情。
诉说乡愁,归帆乘长风;
翘首祈盼,骨肉再相拥。
海峡飞虹看家国一统,
大幕拉开多少喝彩多少情。

曾笑闻续写着陈嘉安的歌谣,并在心中暗自发誓:传承了近百年的歌仔戏,绝不能在我们这一代人的手中成为文化的记忆,而是应该不断推陈出新,融注时代精神,世代薪火相传。

我们,一定能做到,而且必须做到。

下部

家国千秋
催行吟

下部　家国千秋催行吟

01

两岸海门打开，浪潮奔涌踏来。猗欤盛哉！

1987年三角梅盛开的时节，来自海峡对岸的一封封寻亲家书，像翩翩飞舞的蝴蝶，跨越沧海长天，飞回祖国大陆。

音断四十载，家书抵万金。

那些日子里，邮局的投递员就是走遍山海，也要让每一封家书起死回生，找到亲人；盼归已久的台湾同胞，凭着刻骨铭心的记忆，循着原乡大榕树的深切呼唤，踏上海峡西岸，只为骨肉团圆。

早已年过古稀的邵黄梅，一遍又一遍地叮嘱女儿黄阿泠、外孙女蔡蔚蔚："名单上的人和地址，一定要每处都寄。你阿爸，你舅舅，你小姨，厦门宜兰班，漳州都马班……都写，都寄。"

刚刚考入台湾大学的外孙女蔡蔚蔚，冰雪聪明："外婆，我们在信封后面写上这行字吧，这样邮差找不到收信人时，可以进行模糊投递，热心人若是看到了，说不定帮忙打听，就找到了。"

邵黄梅接过外孙女递过的纸条，透过花镜看见上面写道——

尊敬的邮差先生，如果您无法投递，可送至与歌仔戏相关班团或人士，烦劳诸君帮忙找寻，深表谢意！

内系寻亲家书，可以拆阅无妨。

黄阿泠在一旁看后，连声夸赞："这样好哇！蔚蔚有心。"

邵黄梅搂过蔡蔚蔚："写上，写在批封的后面，都写上。我的心肝外孙女，以后，你就当两岸歌仔戏的联络官吧。"

蔡蔚蔚亲了一下外婆："放心了啦！"

邵黄梅寄回祖国大陆的寻亲家书，已经身为漳州歌仔戏剧团艺术顾问的陈承启，收到了；已经身为厦门歌仔戏剧团表演指导的黎泰雅，收到了；远在漳州龙海丹宅的曾垵惠，收到了；写给邵曾海、蔡惢的信，几经辗转，传到了厦门台湾艺术研究所曾笑闻手中。

此时的曾笑闻，已经从厦门大学研究生毕业，分配到厦门台湾艺术研究所，目前正昼夜兼程地奔波在闽南大地，开展有关歌仔戏的乡野调查工作。

看到邵黄梅写给邵曾海的家书，曾笑闻万般惋惜，用力地捶打着自己的脑门。曾笑闻想到，三年前的1984年春节，来自台湾的电视节目主持人黄阿原先生，就在中央电视台的春节联欢晚会上，深情唱起过那首闽台人民都熟悉的歌谣《天乌乌》——

天乌乌，欲落雨，阿公啊扛镬头去掘芋。掘啊掘，掘啊掘，掘到一尾黑泥鳅，咿呀咿哟真有趣味。阿公要煮咸，阿妈要煮淡，二人相打弄破鼎、弄破鼎……

下部　家国千秋催行吟

在《又见炊烟》的《外婆的澎湖湾》,《阿里山的姑娘》捧着《我的中国心》,《踏浪》而来。《云河》有多长,《原乡情浓》得就有多醇厚。《童年》,走在《乡间的小路》上,听见《妈妈呼唤你》。

《鼓浪屿之波》日夜唱,唱不尽骨肉情长。都回家了,我们的歌仔戏,为什么还不回家?两岸人民,虽然人隔两岸,但是同祖同宗同戏文,他们是深爱自己的传统文化的,因为在他们世世代代的血脉里,顽强地复制着炎黄子孙强大的遗传基因。

不能再等了,守住同根文化,留下千古乡愁,是我们这一代人的责任。曾笑闻——登门拜访陈承启、黎泰雅,他要为两岸的歌仔戏艺术家,搭一座桥,他要为两岸歌仔戏的薪火相传,跨海探路。

在曾笑闻的奔走联络下,邵黄梅、黄阿泠、蔡蔚蔚祖孙三代与吴和贵、陶招治,终于在1987年的金秋时节,登上了归航的船,踏上了回家的路。今日的厦门,早在七年前的1980年10月,就已经被国家批准设立为首批沿海经济特区之一。厦门,一座敞开怀抱的大门,正张开双臂,迎接和拥抱普天下所有的华夏儿女和四海宾朋。

厦门港码头上,高大的棕榈树摇动着欢迎的手臂,百年的大榕树飘舞着向下的根须。在曾笑闻的周密安排下,精神矍铄的陈承启、妆容精致的黎泰雅、两鬓斑白的曾垾惠、年近五旬的傅桠枝和厦门歌仔界的几代艺术家代表,早早来到了码头上,迎接远归的亲人。

岭外音书绝,经冬复历春,
近乡情更怯,不敢问来人。

船刚驶进厦门湾,邵黄梅就在女儿和外孙女的陪护下,伫立在甲板上眺望。是厦门吗？眼前山海间林立着高楼的城市，是我的厦门吗？邵黄梅在心中一遍一遍地追问。从1937年离开这里，整整五十年了。五十年，那是半个世纪，那是人生的大半辈子啊！四十年前，为了给阿海下船取烟，她和丈夫就此分离，再没能登上回家的船。

"阿海，阿海在哪里？"邵黄梅眺望着码头上的人群。

"妈妈，您忘了？批上说，舅舅七年前就去世了。"黄阿泠说。

邵黄梅的心中一阵凄惶："哦，对。那，那你阿爸呢？"

"妈妈，我没见过阿爸的。"

"知道你为啥这么漂亮吗？你长得最像你阿爸。"

船靠港了。走下舷梯的游子与前来迎接的亲人互相对视了许久许久，毕竟四十年了，人们看着眼前的亲人时，都在脑海中努力地回忆着四十年前的容颜。大家都不愿意相信，眼前的白发老者，就是自己日思夜想的亲人。岁月啊！你带走了多少人生的嘉年华！

这是让邵黄梅深爱的一张脸，这是让邵黄梅苦等了四十年的丈夫；这是让陈承启深爱的一张脸，这是让陈承启苦等了四十年的妻子。尽管，两人都满头白发，尽管，两人都目光混浊，但他们还是在四目相对的刹那，互认出了彼此。

忘不了！这刻骨铭心的爱恋，就是海峡水枯干的那一天，就是日光岩石烂的那一天，他们也忘不了！

扑到陈承启怀里的邵黄梅，泪水夺眶而出。两位年近八旬的老人的哭声，感染了在场的所有人，包括很多停下脚步的旅客。

邵黄梅望着陈承启，如泣如诉地唱起了歌仔调——

【邵黄梅】郎船自去没再来，眼泪化作相思栽，潮起潮落望大海,青丝等到头发白。
时刻守住心中爱,把心封闭锁楼台,
我四十年来天天盼,日日望,
盼望蝴蝶双飞,心不移,情不改……

邵黄梅见到丈夫陈承启,张口发出的第一声,竟然不是话语,而是两岸歌仔戏艺人都烂熟于心的歌仔调,唱出的是四十年的相思情。

这,就是歌仔戏艺术家独特的相逢;这,就是歌仔戏夫妻相通的心灵。邵黄梅拥着陈承启,两人深情地对唱——

【邵黄梅】红尘天地间,遗恨蝴蝶恋。
【陈承启】生死两不忘,执手心相连。
【邵黄梅】无情风雨蝴蝶分,眼泪流尽把海填。
【陈承启】此生为把鹊桥渡,杜鹃啼血化归帆。
【邵黄梅】近在咫尺回路难,大海无情成天堑。
【陈承启】此生不见英台面,山伯化蝶过台湾。
【邵黄梅】此生不见山伯面,英台化蝶飞闽南。

泪水、掌声、鲜花……

邵黄梅唱罢,泪水再一次奔涌而出:"山伯,你的英台,承启,你的阿梅,把女儿和外孙女,给你带回来了!"邵黄梅对黄阿泠和蔡蔚蔚喊道,"阿泠,这就是你阿爸!蔚蔚,叫外公!"

当黄阿泠扑到陈承启的怀中时,在场的人都流下了欣慰的泪水。像!太像了!都说女儿像父亲,但黄阿泠和陈承启父女,简直就是遗传到了极致,就是陌生人见到他俩,都会情不自禁地说,这父女俩,太像了!你们说自己不是父女,我们都不会信的。

归来的邵黄梅、黄阿泠、蔡蔚蔚、吴和贵、陶招治,迎接的陈承启、黎泰雅、曾埈惠、傅桠枝、曾笑闻,大家一一相拥。互相认识后,曾笑闻擦了擦眼角的泪水,微笑着说:"走,我们上车,看看改革开放后的新厦门,然后我们回家吃饭,庆祝团圆!"

陈承启告诉邵黄梅:"这位年轻的后生,叫曾笑闻,算是阿海的关门弟子。不过因为嗓子没了,不唱歌仔戏,而是写歌仔戏。"

蔡蔚蔚握着曾笑闻的手:"曾兄,以后我俩,就做两岸歌仔戏的联络官吧,让歌仔戏再次在海峡两岸唱响。"

儒雅寡言的曾笑闻连连点头:"就这样定喽!"

蔡蔚蔚问曾笑闻:"您刚才在本子上记什么?"

曾笑闻把本子递给蔡蔚蔚,原来,那上面记的是刚才邵黄梅和陈承启相见时唱的唱词:"我要把这些,写进我的《蝴蝶之恋》。"

傅桠枝对曾笑闻说:"笑闻,刚才我和招治商量了一下,我们想这几天就演一场《李妙惠》,你帮助安排一下。"

"放心吧!等我消息。"曾笑闻说。

陶招治看着邵黄梅和傅桠枝师徒二人,对曾笑闻说:"笑闻,你是徒弟变成小师弟,那就安排到咱俩师父的墓地去祭拜一下吧。"

"一定要去的。这几年,我研究两岸歌仔戏的历史,研究越深越发现,咱们的师父邵曾海,是一个绕不过去的名字。"曾笑闻说。

"可以称为歌仔戏的一代宗师。"傅桠枝说。

听到傅桠枝的话,一旁的曾埈惠悄悄地抹了抹眼角的老泪。

邵黄梅悄悄坐到曾埈惠身旁:"阿惠,这些年,你受苦了。"

曾垵惠把怀里的大广弦递到邵黄梅的手中:"阿梅姐,这是咱娘和阿海拉过的那把大广弦,你传下去吧!阿海,阿海要是能看到今天这一幕,该多好哇!他一定会高兴地拉唱起来。"

邵黄梅紧紧搂着曾垵惠瘦削的肩头:"我,回来晚了。"

从镇海路到中山路,汽车行驶在厦门的街头。不远处的鼓浪屿上,飘来了《鼓浪屿之波》那倾诉衷肠的歌声——

> 鼓浪屿四周海茫茫,海水鼓起波浪。
> 鼓浪屿遥对着台湾岛,台湾是我家乡。
> 登上日光岩眺望,只见云海苍苍。
> 我渴望,我渴望,快快见到你,美丽的基隆港。

> 母亲生我在台湾岛,基隆港把我滋养,
> 我紧紧偎依着老水手,听他讲海龙王。
> 那迷人的故事吸引我,他娓娓的话语刻心上。
> 我渴望,我渴望,快快见到你,美丽的基隆港。

> 鼓浪屿之波在日夜唱,唱不尽骨肉情长,
> 舀不干海峡的思乡水,思乡水鼓动波浪。
> 思乡思乡啊思乡,鼓浪鼓浪啊鼓浪。
> 我渴望,我渴望,快快见到你,美丽的基隆港。

海峡难隔飞鸿,岁月不改人心。

不知何时,大家在车上异口同声地跟着唱了起来。

02

相期以茶的闽南人，一杯香茶，是对挚友亲朋最深切、最隆重的礼遇。一杯香茗敬故人。此刻在邵曾海的墓碑前，就供奉着来自台湾的冻顶乌龙，还有那把让他拉响"杂碎调"的大广弦。

陈承启把茶水洒在了邵曾海的墓碑上："阿海，喝杯茶吧！这是阿梅姐从台湾带回的冻顶乌龙。咱们的阿梅姐，回来了！"

吴和贵从包里拿出一整条进口香烟，放在了邵曾海的墓碑前："阿海，吸吧，现在，买进口香烟，不必再提心吊胆了。"

黎泰雅把一盆盛开的水仙花，摆放在邵曾海的墓碑前："阿海哥，我的义父蔡忞，前年也走了，你们在那边，唱歌仔吧。"

邵黄梅拿起墓碑前的大广弦，对着邵曾海的墓碑说："阿海弟，师父师母，都走了，和咱娘、二娘一起，都葬在台北的金宝山上。你要是黄泉有灵，就飞过海峡，看看他们吧！见了咱娘、二娘、师父、师母，你告诉他们，歌仔戏在咱们手中，没断。你谱出了'杂碎调'，写出了新剧本，让歌仔戏在遭受灭顶之灾的时候绝处逢生；我录制过广播歌仔戏，出演过电影歌仔戏、电视歌仔戏，我的女儿黄阿泠,正带着弟子们,一代一代地上演着歌仔戏。只要两岸民众喜欢,我们就世世代代永远唱下去。"

邵黄梅的话,像是想让邵曾海说给埋骨台湾的亲人,更像是说给黄土垄中的邵曾海。

曾坯惠在坟前烧着纸钱,默默地念叨:"阿海哥,你看到了吗?阿梅姐带着阿泠、蔚蔚她们,都回来了!阿贵师弟,也回来了!我知道,你的一生是戏魂附身的一生,你的前世欠这把大广弦的,你出世时上天就给你做了记认,把印戳从头盖到脸,所以任凭世事多艰难,三次坐大牢,阿海哥呀阿海哥,你都逃不出命定唱古今。"

"腥风血雨罹凌寒,一心将歌传千里。"在一旁的曾笑闻对黄阿泠、蔡蔚蔚母女说,"一代宗师邵曾海的一生,就是戏痴的一生。他可以没有饭吃,但他的生命里不能没有歌仔戏;他可以任人欺辱,但他决不允许任何人糟蹋歌仔戏;他形同乞丐,却个性张扬,傲然独立;他以歌伴狂,却给穷苦的众生送去了无尽的欢乐。当日寇的铁蹄践踏闽南大地的时候,当歌仔戏面临灭顶之灾的时候,他担起了一位民间艺术大师的使命,挺起了瘦弱的身躯,亮出了高亢的歌喉,唱响悲歌,唤醒民众,投身抗战。这,就是邵曾海。"

陶招治和傅桠枝跪在邵曾海的墓碑前:"曾海师,分别四十年的女小生和男苦旦,终于团聚了!从明天起,您的《李妙蕙》,正式在厦门大剧院唱响。到时候,您可千万去看呀!"

厦门大剧院,巨幅的宣传海报,吸引着忙碌的厦门人的目光。

歌仔戏一代宗师邵曾海遗作《李妙蕙》登陆厦门大剧院,原漳州芗剧团邵曾海嫡传女弟子陶招治饰演小生卢梦仙,原台湾宜兰戏剧团邵黄梅嫡传男弟子傅梗枝饰演旦角李妙蕙。

两岸的联袂演出，久违的乡音乡韵，大师的嫡传弟子……

当年近五旬的陶招治和傅梗枝同台亮相的那一刻，多年没有听到过歌仔戏的老厦门惊呆了，对岸宝岛，相隔四十载竟然戏曲同音；回祖国大陆寻亲的台湾同胞震惊了，祖国大陆，竟然留存下了如此精致的歌仔戏。

点亮家门的灯，照见游子的路。

厦门大剧院璀璨的灯火，寄托着如潮的思念；海峡两岸相连的血脉，诉说着无尽的乡愁。

那是两岸人梦牵魂萦的曲调——

【李妙蕙】夫呀！你的灵魂可有来鉴纳吗？
跪落冤家哭几声，阴魂可有来在者，
君你灵魂有灵圣，早早娶我阴府行。
恨我生来孤栖命，害你早归亡魂城，
为你节义守端正，留要节孝好名声。
…………
【卢梦仙】呀！妙蕙我妻呀！
看妻啼哭者悲哀，不觉目滓落不知，
妻你受苦可怜代，侥幸是我做得来。
…………
【二人同】夫妻相见抱头哭，双人目滓相对流。
【卢梦仙】当时是我想无到，妻你有孝是真爻。

【李妙蕙】厝宅失火烧体体，又兼困难的经济。
…………

同样的一部歌仔戏《李妙蕙》，十年之后的1997年10月，终于唱响在台湾宜兰梦乡台大戏棚。那是曾笑闻和蔡蔚蔚无数次跨海奔波的结果，那是年近六旬的傅桠枝和陶招治告别戏台的谢幕演出。

自从1947年台湾基隆一别后，大陆歌仔戏大师邵曾海的女弟子陶招治，是在台湾唱了近五十年的小生，而台湾歌仔皇后邵黄梅的男弟子傅桠枝，竟然阴错阳差地在大陆演了近五十年的旦角。戏台上，傅桠枝扮演的苦旦李妙蕙，陶招治扮演的小生卢梦仙，惊艳了所有的台湾观众。依旧扮相娇美俊朗的两位老艺术家，以其扎实的戏曲功底，展现了歌仔戏无穷的艺术魅力。

谢幕的那一刻，傅桠枝和陶招治看着台下久久不肯离去的观众，他们欣慰，因为，两岸观众是深爱歌仔戏的；看着身旁身后簇拥着他们的年轻演员，他们自豪，因为，他们为之付出一生的歌仔戏，后继有人；看着戏棚上写有邵黄梅、邵曾海名字的条幅，他们骄傲，因为，他们无愧歌仔戏大师传人的光荣称谓。

侧幕后的曾笑闻和蔡蔚蔚，激动地紧紧相拥。此时已是厦门台湾艺术研究所编剧的曾笑闻、台湾大学教授的蔡蔚蔚，都为他们不负前辈嘱托，实现"两岸歌仔戏联络官"的约定而骄傲。

曾笑闻离开台湾时，蔡蔚蔚去码头送行。

蔡蔚蔚问曾笑闻："曾兄，下一步，您作何打算？"

"写歌仔戏，写《邵曾海》，写歌仔戏《邵曾海》。用邵曾海为之付出一生的歌仔戏，唱出邵曾海的歌仔戏一生。"曾笑闻说。

"我下一步准备成立台湾戏曲学院,培养青年戏曲后备力量。还有,立刻着手复排新改编的歌仔戏《妈祖》。"蔡蔚蔚说。

"随时联络,都创作完成后,我们展开双向交流,《邵曾海》来台湾传艺教戏,《妈祖》回大陆护佑苍生。"曾笑闻说。

"不跨过这道海峡,我们就永远不知道祖国大陆有多美、有多好,这个世界有多大。"蔡蔚蔚感慨道。

"我从哪里来?是游子心中最敏感的话题。那句'不要问我从哪里来'的歌词,其实表达的,是迫切想知道自己从哪里来的强烈愿望。中国人的慎终追远,是刻在骨子里的。"曾笑闻望着大海说。

"《山海经》记云:闽在海中,其西北有山……"

海天之间回荡着蔡蔚蔚那藏着中原古音的闽南声韵。

03

　　早在曾笑闻刚刚大学毕业时，他就产生了写邵曾海的想法，只不过那时，他还不知道要表达什么主题，用什么体裁去写。

　　从厦门的统井巷到龙海的丹宅村，从泉州惠安的大前黄村到漳州南靖的都美村、马公村，曾笑闻沿着邵曾海的人生足迹，一路寻访，脚被红土地黏着，心被歌仔戏牵着。这一次，他又在蔡蔚蔚的引领下，越过海峡，从宜兰出发，台北、新竹、苗栗、台中、南投、嘉义、台南、高雄，遍访歌仔戏"杂碎调"在台湾的传播之路。

　　脚踏着山海之间的闽南大地，眺望着浪潮奔涌的台湾海峡，曾笑闻激动地感受到，歌仔戏的诞生和成熟，对于闽南和台湾，乃至中国的戏曲艺术，都是一项伟大的创造。让歌仔戏落地生根、枝繁叶茂的，是两岸人民共同的文化和信仰；让歌仔戏在遭遇劫难时绝处逢生的是，以邵曾海为代表的一代代大师的生死守护。

　　天当幕布地为台，潮声伴戏跨山海。时空有多辽阔，生活有多深厚，歌仔戏的舞台就有多壮美、多迷人。歌仔戏的历史，是应该被永久记忆的；邵曾海的传奇，是应该被深情演绎的。

抚摸着邵曾海遗留下的大广弦，那上面，有"杂碎调"萌生时刻的灵光和喜悦；翻读着邵曾海的剧作手稿，那里面，有坚守传统的初心，有改革创新的自觉。曾笑闻想，人生的顺命、遵命，似乎与邵曾海的倔强性格不符，人生的抗命、搏命，让一位贱如乞丐的民间艺人来承担，似乎又太沉重。唯有乐命，才是邵曾海最本真的个性。乐命于他，最是自由自在；乐命于他，是生存的最好表达方式。悲欢离合，用嬉笑怒骂演绎人生；喜怒哀乐，以放浪形骸笑对人生。

那一刻，曾笑闻仿佛看到，邵曾海正背着他的大广弦，戴着一顶破斗笠向他走来，向他的观众走来。他一路上扯着嗓门吼歌，装疯卖傻，一群孩子跟在他的身后，起哄乱闹，就像在追逐围观一个疯子一般。他走过了田畦，他爬上了山巅，随性地拉起了他心中的旋律，唱起了他梦中的歌仔。

那一刻，邵曾海是压抑的，他只能以非常人的方式和状态来宣泄内心的苦闷；那一刻，邵曾海是孤独的，他只能借助大广弦的弦音和高亢的歌仔来排解内心的冷清。

曾笑闻的脑海里响起了邵曾海的歌唱——

【邵曾海】天上有道弯哪！心中有道坎哪！
　　　　　水断树也断哪！琴弦拉不断哪！

曾笑闻的耳边回荡起邵曾海与小师妹凄婉的对唱——

【小师妹】小船走，一路回头望阿哥，
　　　　　不见阿哥站船头，小妹伤心朝前走。

【邵曾海】小船走,阿哥唤妹快回头,
　　　　　不是阿哥无情意,真心望妹能出头。

日本人割据台湾的五十年间,身在台湾的歌仔戏艺人,就是在这样腥风血雨之下,苦苦坚守着自己的文化,永夜膜拜着他们心中的戏神田都元帅,他们的守护神妈祖、王爷,他们的华夏故国——

【小师妹】孤身过台寻爹亲,谁知沧海啼断魂。
　　　　　亡国奴,受人欺,皇民化,改名字,
　　　　　祖宗庙,遭人毁,日本衣,将身披。
　　　　　不准咱说中国话,不准咱演歌仔戏,
　　　　　戏班男人充军去,女人被逼当军妓。
　　　　　戏班躲东又躲西,父亲他、他、他,
　　　　　日寇枪下来惨死!

苦难中,邵曾海挺立起身躯,以弦明志,对天盟誓——

【邵曾海】好似戏魂来附身,好似前世欠弦琴。
　　　　　大广弦啊是我命,出世上天做记认。
　　　　　戏灵古调刻在心,印戳从头盖到脸。
　　　　　腥风血雨罹凌寒,一心将歌传千里。
　　　　　任凭海市与天转,曾海啊曾海,
　　　　　你逃不出命定唱古今!

2006年，当年青一代演员"一心将歌传千里，你逃不出命定唱古今"的歌声，回荡在台湾各大城市剧场上空的时候，台湾观众的心被深深震撼了！歌仔戏一代宗师邵曾海，一下子鲜活地站在了人们面前。没错，这就是他们心中的那位都马调创作者邵曾海，这就是让歌仔戏绝处逢生的邵曾海。没错，这就是他们心中景仰的曾海师。

一部现代歌仔戏《邵曾海》，从厦门演遍闽南大地，从福建演到首都北京，从大陆演到宝岛台湾。《邵曾海》在台湾各大城市剧场，连续演出了一百余场，场场爆满，一票难求。

2006年5月20日，经中华人民共和国国务院批准，流传于两岸的闽南语系传统地方戏剧——歌仔戏，列入第一批国家级非物质文化遗产名录。

五年之后的2012年，正当以"台湾南投雾社起义"为原型拍摄的电影《赛德克·巴莱》公映之际，台湾的歌仔戏艺术家与台湾人民投身抗战的共同题材相呼应，以歌仔戏的独特呈现方式为特色，为两岸观众奉献出了大型歌仔戏现代戏《黎蕉妹》。

在歌仔戏《黎蕉妹》历经周折回大陆公演的一个月前，大半生留在厦门的黎泰雅，带着无限的眷恋，与世长辞。

遗憾啊！唱了一辈子歌仔戏的黎泰雅，最终也没能看到自己母亲在歌仔戏舞台上的英雄形象。

在姨外婆黎泰雅的墓前，蔡蔚蔚热泪滂沱："都走了！舅外公邵曾海，姨外婆黎泰雅，外婆邵黄梅，外公陈承启，还有吴和贵，都走了！他们要是能看到两岸歌仔戏的今天，该多好哇！"

曾笑闻把一束洁白的台湾蝴蝶兰放在了黎泰雅的墓碑前，心中又一次升腾起一种急迫感,赶紧创作吧!岁月催人啊!

也就是在这一年,由两岸歌仔戏艺术家首次联袂打造的歌仔戏现代戏《蝴蝶之恋》,在海峡两岸上演。在这部戏中,早已年过花甲的黄阿玲亲自登台,反串出演以自己父亲陈承启为原型创作的男主角雨秋霖,而以母亲邵黄梅为原型创作的女主角云中青,由厦门歌仔戏研习中心的年轻艺术家、歌仔戏代表性传承人领衔出演。

当两岸的艺术家同台献艺的时候,认识陈承启的大陆观众感叹,这不就是当年的陈承启嘛!女儿黄阿玲不仅长得像父亲,就连唱腔身段都和父亲如出一辙。熟悉邵黄梅的台湾观众惊呼,难道在祖国大陆的那边,也有一个年轻的邵黄梅转世?

两只历经苦难、生死相恋的蝴蝶,如同日夜相思的闽南和台湾,终于飞越茫茫海峡,翩翩起舞,缠绵对唱,互诉衷肠——

【梁山伯】好一个贤弟如花飞,

【祝英台】好一双蝴蝶迎春晖。

【梁山伯】你曾说,最美是蝶荡春风,

【祝英台】伤情蝴蝶忆春风。

【梁山伯】你曾问,园中是谁戏花红,

【祝英台】羡那双蝶戏花红。

【梁山伯】你曾说,愿随蝶舞心花放,

【祝英台】渴望自由心花放。

【梁山伯】你曾说,蝴蝶相随到始终,

【祝英台】生生死死心相通。

台上戏中戏,台下情中情。那一刻,无论是台上的演员,还是台下的观众,早已分不清谁是梁山伯,谁是祝英台,谁是陈承启,谁是邵黄梅,谁是雨秋霖,谁是云中青。

家国千秋催行吟。《蝴蝶之恋》那响彻海天的旋律,表达着人们共同的心声——

> 思想起,蝴蝶飞,
> 双双起舞来相追,
> 亲密无间花中醉。
> 思想起,蝴蝶飞,
> 台上梁祝两相爱,
> 台下生旦心相随。
> …………

蔡蔚蔚对曾笑闻说:"现代歌仔戏《邵曾海》和《蝴蝶之恋》,无疑是两部成功的文艺作品。它们投射出了历史场景、地域记忆、人文情怀、趣味意蕴和时代脉搏,展现出了文化的主体性和美学的自圆性,钩织出了含蓄恬淡、静谧空灵、润物无声的精神力量。"

曾笑闻自豪地说:"我的性格,总是谦恭并自省,从不狂妄,但《邵曾海》却让我为歌而狂。这大概是上苍有意让我来承担如此有意义的重任,给了我自信和些许的骄傲。"

蔡蔚蔚说:"舅外公邵曾海来到这个世界上,是上苍有意安排他来唱歌仔戏的。在老人家去世之际,能把他的衣钵传承给您,并在冥冥之中给您灵感,写出《邵曾海》,这一定也是上苍的有意安排。"

"记住过去的歌仔戏艺人有多艰难,看看今天的歌仔戏艺术家有多幸福,我们就会明白,能让《邵曾海》出现在两岸歌仔戏舞台上的,是我们这个民族走向复兴、文化自信的伟大时代。"曾笑闻说。

蔡蔚蔚递给曾笑闻一幅书法作品,上面写道——

上苍眷顾邵曾海,
我为歌狂写戏痴。
杂碎悲欢传两岸,
满怀质朴塑宗师。

04

  2013年6月19日，在韩国全罗南道光州市召开的联合国教科文组织世界记忆国际咨询委员会评审会议上，经联合国教科文组织批准，闽粤侨批档案，以其真实性、唯一性、罕见性、完整性和不可替代性，具有近代中国国际移民集体记忆的重要价值，申遗成功，入选世界记忆遗产名录。

  侨批，侨，指华侨；批，在闽南语中"信"读作"批"，侨批就是华侨来信，是一种书信和洋银合而为一的寄递方式。

  闽粤一带至今保存的数以几十万计的侨批实物和档案，记载了老一辈海外侨胞艰难的创业史和浓厚的家国情怀，饱含着他们的血汗和辛劳、勇敢和智慧，是近代以来中国人勇闯天下、情系故土、守信重义、心怀家国的生动见证，是写在海上丝绸之路上的中国故事。

  一封侨批，就是一腔乡愁；一块洋银，就是一捧血泪。

  越过万里重洋从海上漂回来的侨批，有刚到南洋的父亲为新出生的孩子取名的，有远在吕宋的儿子叩拜年迈父母双亲的，有哥哥寄钱回来要求赎回被卖掉的小妹的，有父母鼓励在家孩儿发愤读书的……带着亲人叮嘱又漂向远方的回批，有日夜悬念骨肉的父母盼望儿子早归的，有终日以泪洗面的妻子祈祷丈夫平安的……

"华侨有一块钱是一块钱，有十块钱是十块钱地寄回来，发展出侨批文化，这就是中国人、中国文化、中国人的精神、中国心。"

在厦门华侨博物馆里，曾笑闻一封封地品读着这些浸透华侨血泪的侨批，仿佛看到了那些出洋打拼的华工的脊梁和背影，听到了他们发誓让父母妻儿过上好日子的铿锵誓言——

靠我的双手，靠我的本领，
用我的人格，用我的性命。

守在故土的侨眷们，又何尝不是肝肠寸断地祈盼着——

抬头望海水，君船何时开，
相望眼泪滴，何时帆船归？

终于有一天，曾笑闻在侨批档案里发现了一个出现得最早的名字——黄日兴。他心中的《侨批》传奇，于是在一个凄美的爱情故事里，有了这样一个令人扼腕叹息的开篇——

演布袋戏的青年艺人黄日兴，为了赚钱娶自己的心上人如意，被客头骗上了下南洋的船，卖"猪仔"到了番平（闽南人称南洋）的金矿当苦力。一心思念着如意的黄日兴为了逃出金矿，承诺把华

正问归期

工兄弟的银批带回他们唐山（闽南人称祖国）的家里，交到他们的父母妻儿手中。在断臂华工阿祥的舍命掩护下，重义守信的黄日兴终于逃出金矿，漂洋过海，返回故里，并把所有银批一封不差、一分不少地送到华工的父母妻儿手中。然而，此刻的黄日兴悲伤地得知，为他舍命的阿祥的妻子亚香，已经无奈地做了茶商的小妾，而他心心念念的恋人如意，也因生活所迫，不得不嫁给了饼店的三公子。

得知阿祥遇难的消息，戴着阿祥捎回的手链，亚香疯了。

黄日兴与恋人如意再次相见时，二人都悲上心头，万千话语，有口难开。他们都在心中默默地感慨着——

咫尺如崖，情已不再，
悔恨似海，爱藏心怀。
三月无眠漂大海，花开已被他人摘，
三月无眠盼花开，花开已败难再来。

沉浸在无尽悲伤和痛苦中的黄日兴，面对华工侨眷们祈求的目光，默默地舔干净心头的血渍，深藏起胸中的悲苦，化小爱为大爱，决心再次扬帆起航，踏上水路，把侨眷们的回批送往南洋——

时难年荒逼人走，夫妻相望各西东。
是爱让船有寄望，是爱让帆有方向。
阿祥为我生死忘，我怎能让他们再失望。

情已去，无所念，生与死，已淡忘，
只要悲剧不重演，日兴我甘愿为他们再起航！

黄日兴打通了海上批路，传递侨批，一做就是十五年。

十五年后的一次海航，一批侨批所搭乘的商船在海上遇难，沉入了茫茫南海。历经九死一生返回家乡的黄日兴面对自己昔日的恋人如意时，却发现，初恋，是忘不掉的。

人，有时能骗得了别人，但骗不了自己——

十五年，我想大海当床做水客，
风浪为伴忘春风；
十五年，我想生死听天心放空，
恶浪翻滚将情忘。
但我想忘忘不了，我想放放不下，
忘不了，放不下。
忘不了，放不下……

在万般无奈的如意心中，又何曾忘记过他的阿兴——

男儿仗义生死忘，女人负心情断送。
茫茫大海断风篷，误你此生难归航。
狂风恶浪侨批送，水客性命绑船帆。
你用侨批搭鹊桥，你把乡情藏心肝。
你是情深义重、守信如山的好男儿，

正问归期

你是远洋船上的旗杆。

黄日兴拒绝了如意帮他还账,变卖了自己搏命大海赚钱盖起的红砖大厝,按照藏在身上的侨批明细清单,挨家挨户送去洋银。

早已得知侨批沉入大海的侨眷们,纷纷拒收了黄日兴的洋银,只求他再次起航,把家里的回批送往南洋。

她们在回批中写道——

> 洋银收到,一分不少。家中都好,勿要挂念。
> 布料过年时给孩子做新裳……
> 吕宋的咖啡真好喝……
> 洋银收到,家里一切平安……
> 洋银收到,一分不少……
> 洋银收到,家里一切平安……
> 洋银收到,一分不少……

面对着感恩重义的侨眷们,黄日兴接了所有险路的侨批,高悬批旗,又一次直面无情的大海,远赴南洋——

> 无情风浪遇死神,人间慈爱暖我心。
> 阿祥以命换我生,今生我命连乡亲。
> 侨批连着千家人,侨批牵着万户稳。
> 世间万物皆为轻,水客最重是诚信。
> 生死老天还我命,我就是倾家荡产,

也要想尽办法赔乡亲!

伫立在风浪中起伏的船头,遥望南天,黄日兴仿佛已经看到了南洋华工们收到家里回批时的载歌载舞——

赚钱出外洋,心肝不离乡,
人做他乡客,心怀家乡苦。
块块呀,块块洋银寸寸心,
隔洋难离是故乡!是故乡!

05

一声悠长的汽笛响了起来,回荡在澄碧的海天之间,远归的船马上就要从基隆港起航了。蔡蔚蔚此刻就站在船头的甲板上,极目眺望着海天之间的远方,她知道,那是家的方向,故土的方向。

远处,鸥鸣浪涌,仿佛母亲的声声呼唤。

晚舟帆影声声笛,
君问归期正有期。
我寄乡愁与明月,
伴君直到海峡西。

蔡蔚蔚在心中默默地吟咏着。

这一次,是2019年,她为了两年一届的"海峡两岸歌仔戏艺术节",再次跨越海峡,踏上闽南大地。

"我在大陆和台湾,特别是这次在丹坑和角美乡下采风,观察闽南人看歌仔戏,感觉非常不可思议,老年人,中年人,青年人,包括孩子们,他们是那样的沉浸和忘情,竟然没有一个鼓倒掌、喝倒彩的,每个人都是高素质的观众。为什么那么原始古旧的曲调、耳熟能详的故事,甚至细节都知晓、唱词都会背,却还能让观众们如醉如痴,三月不知肉味?"蔡蔚蔚向曾笑闻感慨道。

"很好理解的,这就如同年轻人陶醉于流行音乐,经常单曲循环播放一样。对于歌仔戏迷们,这就是他们的流行音乐;对于我们,这就是一个民族的永恒经典。这是早已写入遗传基因的文化密码,这就是为什么,我们之所以成为我们。"曾笑闻解释说。

"这就是为什么,我们之所以成为我们。说得真好。"

"两岸统一的那一天,我们这个用哭腔奠基的歌仔戏里面,还会有那么多凄婉悲凉的哭声吗?"

"会的。但在那时的哭声里,蕴含的是中华民族大团圆后的感动和喜悦,欣慰和满足,自豪和骄傲。"

"我们今天的两岸歌仔戏交流,就是意在打通两岸的文化血脉,为祖国统一唱响同根的序曲。"

在曾笑闻、蔡蔚蔚等歌仔戏艺术家的交谈中,"2019年海峡两岸歌仔戏艺术节"在歌仔曲风的《百年歌仔情》歌曲声中,缓缓拉开大幕,两岸歌仔戏艺术家群芳争妍,深情演唱——

歌仔一曲心随情动,
今生有约粉墨相逢。
唱念做打,俗雅只需一个懂;
生旦净丑,描摹尽在不言中。
唱腔婉转韵调空灵,

正问归期

念白含趣音容传情。
出将入相,千秋往事影朦胧;
聚散离合,两岸从来相思同。
拖腔如酒,私藏在梦境;
叫板有意,唤君早成行。
重赋新词唱团圆复兴,
唯愿素手水袖舞动世间情。
诉说乡愁,归帆乘长风;
翘首祈盼,骨肉再相拥。
海峡飞虹看家国一统,
大幕拉开多少喝彩多少情。